DISNEY

迪士尼
爸爸給我
講故事

新雅文化事業有限公司
www.sunya.com.hk

迪士尼爸爸給我講故事

作　　者：Disney
繪　　圖：Disney Storybook Art Team
責任編輯：潘曉華
美術設計：黃觀山
出　　版：新雅文化事業有限公司
　　　　　香港英皇道499號北角工業大廈18樓
　　　　　電話：（852）2138 7998
　　　　　傳真：（852）2597 4003
　　　　　網址：http://www.sunya.com.hk
　　　　　電郵：marketing@sunya.com.hk
發　　行：香港聯合書刊物流有限公司
　　　　　香港荃灣德士古道220-248號荃灣工業中心16樓
　　　　　電話：（852）2150 2100
　　　　　傳真：（852）2407 3062
　　　　　電郵：info@suplogistics.com.hk
印　　刷：中華商務聯合印刷（廣東）有限公司
　　　　　廣東省深圳市龍崗區平湖街道鵝公嶺春湖工業區10棟
版　　次：二〇二二年七月初版

ISBN: 978-962-08-8066-7

表達父愛，從講故事開始

不少研究證明了這樣一個事實：爸爸在孩子的成長過程中發揮着非常重要的作用，特別是在孩子6歲後，爸爸對孩子的影響甚至超過了媽媽。

媽媽對孩子成長的影響主要關乎孩子的獨立能力，而爸爸則主要是塑造孩子對人生的看法，關係到人格的形成。

和孩子建立親密的親子關係，需要每天一點一滴的積累。有的爸爸認為這要花很多時間和精力；有的爸爸雖然很願意這樣做，但卻找不到好的表達方式；更多的爸爸陷進了陪伴孩子的誤區——認為一邊看手機，一邊坐在孩子身邊就是陪孩子了；以為玩着電腦，嘴上監督一下孩子，就是管孩子了……其實建立親密的親子關係很簡單，每天專注地陪伴孩子15分鐘已大有作用！

所謂專注的陪伴，就是在陪伴孩子的時候，全心全意地和孩子一起互動，心無旁騖，沒有走神、沒有想着工作、沒有想着壓力，只是與孩子一起沉浸在他的世界裹。

- 可以是和孩子一起讀書、講故事；
- 可以是和孩子一起玩遊戲、做運動；
- 可以是和孩子一起聽音樂、唱唱歌；
- 可以是和孩子一起坐在沙灘上聽海浪的聲音，體驗大自然的奧妙；
- 可以是不加評判、沒有指責、沒有輕視、沒有打擊、沒有打斷，只是很單純、很欣賞、很專注、很幸福地靜靜聆聽孩子訴說。

在陪伴的過程中，盡可能多一些身體上的接觸，例如拍拍孩子的肩膀，摸摸孩子的頭，把孩子的小手放在自己的手裹，擁抱孩子……還有，欣賞的眼睛也很重要。而最關鍵的就是：你是否全心全意地與孩子同在。

也許你事業有成，管理着上千人的團隊，被很多人羨慕着、崇拜着，但事業的成功彌補不了家庭教育的失敗。要記住，孩子的成長、教育比其他的事情都重要，而且你只有一次機會，千萬不要錯過！

那麼，就從今天開始，從一個故事開始，享受和孩子專心相處的時光吧！

目錄

第二章　學習品德修養

第三章 培養堅強內心

第一章

開啟智慧寶庫

智多星大眼仔

　　大眼仔和毛毛又完成一次在人類世界的驚嚇任務。他們一起返回怪獸公司，向驚嚇廠房走去。忽然，他們看到走廊上有一張毛毛的大型海報，原來他榮登「本月的驚嚇冠軍」。

　　大眼仔想到一個好主意，停下來對他的好朋友說：「毛毛，你有沒有想過，我們可以掙更多的錢？」

　　毛毛有點不解地問：「更多的錢？」

　　大眼仔眨着他的大眼睛，繼續說道：「沒錯，更多的錢。你每個月都是公司的驚嚇冠軍，但你得到了什麼？只是一張掛在牆上的海報而已！而我呢？更慘，什麼都沒有。我們應該要出名！應該用我們的才能成就更多的事情！」

毛毛無奈地搖了搖頭說：「你的小腦袋裏到底在想些什麼？」

大眼仔得意地告訴毛毛：「我正在做一個市場計劃。」

毛毛好奇地問：「市場計劃？那我們該做些什麼？」

大眼仔開始發表他的大計了：「首先，我們要準備很多你的照片，有簽名的那種。還有，我們要做果汁杯、海報，還有 T 恤，上面都印上你最帥氣的照片。」

大眼仔拿出幾張已經做好的海報，興奮地說：「我們可以開一間精品店，專門賣『超級驚嚇冠軍毛毛』的紀念品，肯定大受歡迎！」

毛毛好像不太感興趣，茫然地問：「但我們為什麼要開精品店呢？」

大眼仔眨着他的大眼睛說：「當然是為了賺錢啊！」

毛毛說：「可是，大眼仔，我覺得我們這樣只想着賺錢不太好吧？等等……」

毛毛好像突然想到了什麼，一下子高興得跳了起來，他興奮地說：「對了，如果賺了錢，我們便可以把這些錢捐去慈善機構！」

毛毛雖然是驚嚇冠軍，但他的內心一直非常善良。

大眼仔不解地問：「為什麼要捐錢去慈善機構？」

毛毛解釋說：「因為這樣就能幫助很多需要幫助的怪獸。」

大眼仔聽完後也立刻喜歡上了這個主意。

他歡呼着說：「真是太好了！我真高興自己能想到這麼好的掙錢方法！」

儘管大眼仔總是拿不到驚嚇冠軍，但他的聰明才智總是讓毛毛佩服得五體投地。

毛毛哈哈笑着說：「你總是有這麼多鬼主意。」

大眼仔說：「就像我平時常說的一樣，作為怪獸，驚嚇的本領的確很重要，可是，如果學會了思考，並且善於動腦筋，這才是最厲害的呢！」

毛毛豎起了拇指，認同地點了點頭。

米高善於思考，經常動腦筋，所以他想出了掙錢的好方法。不僅如此，他和毛毛還要把掙來的錢捐給慈善機構，去幫助更多有需要的怪獸。米高和毛毛是不是很了不起呢？孩子，勤力思考不僅會讓自己遠離困境，也能幫助別人解決困難。

每個人在成長的過程中總會遇到很多問題，我們往往會很着急、沮喪、生氣，但這都無助於解決問題，只會讓自己更難過，所以，如果你或你的朋友今後遇到什麼問題，你可以這樣做：

首先，不要沮喪、憤怒，而是保持理智和冷靜。然後，可以像米高一樣想一想問題究竟出在哪裏。再次開動腦筋，從多個角度、利用一切你能利用的方法來尋找解決辦法。如果一時想不出來，可以把問題暫時放下來，休息一下，再作其他的嘗試。如果自己實在解決不了，還可以向朋友和父母求助啊！

爸爸相信，只要勤思考，多動腦，你會變得越來越有辦法，到時候不僅能解決自己的問題，還能幫助其他小朋友解決他們的煩惱，甚至說不定有一天爸爸都要向你求助呢！

✏ 給爸爸評評分

小朋友，你覺得爸爸今天講的這個故事好聽嗎？請你來評評分，把適當數量的 ☆ 填上顏色，給爸爸一點鼓勵吧！（5 顆星代表最高分）

☆ ☆ ☆ ☆ ☆

拯救綠色士兵

安仔做事總是丟三落四的。剛才他把綠色士兵們拿到後花園裏去玩，回房間的時候卻忘記把玩具們帶上。

豬仔錢箱火腿在窗台上大聲叫道：「糟了！安仔把綠色士兵們遺留在外面。現在下雨了，他們會被淋濕的。」

巴斯光年和胡迪趕緊跑到窗前往外看，只見雨越下越大，花園裏很快就變得泥濘一片了。

胡迪焦急地問：「我們該怎樣去幫助他們呢？」

火腿提議道：「請賽車幫忙，怎麼樣？」

胡迪高興地叫起來：「好主意！」巴斯光年和胡迪坐上賽車，開動引擎後馬上出發！

賽車衝出安仔的房間，開到了樓梯頂。巴斯光年和胡迪都屏住了呼吸。

巴斯光年大叫道：「衝呀！」

他們從樓梯上「梆！梆！梆！」地直衝下來，震得渾身的零件都快散了。賽車衝進廚房，又從廚房門上的小狗門洞裏衝了出去。

胡迪一下子就發現了綠色士兵們，他們一個個垂頭喪氣，陷在泥濘裏不能動彈，他喊道：「他們在那兒！」

綠色士兵們終於等到救星了，着急地喊道：「快來幫幫我們啊！」

巴斯光年叫道：「朋友們，我們馬上就到！」

賽車衝進了泥濘，在士兵們旁邊停下來。

胡迪喊着：「嗚——嘿！」他甩出了繩索，套住士兵們，然後手一抖，把繩套拉緊。這種工作對於牛仔胡迪簡直就是小事一樁。巴斯光年幫助胡迪把繩索的另一端綁在賽車上，把士兵們拖到安全的地方，然後士兵們趕緊擠上車。

胡迪問：「到齊了嗎？」

隊長沙吉「啪」地敬了個禮，説：「全都到齊！」

胡迪和巴斯光年駕駛賽車沿着原路再次出發，很快就穿過小狗門洞進了屋子。可是開到屋裏的樓梯前時，大家都傻

了眼，胡迪問：「我們該怎樣開上去呢？」

火腿從樓梯頂上大喊道：「不用擔心！我們在上面給你們鋪一條路出來！」

不一會兒，樓上的玩具們就用玩具火車軌道拼出了一條超長的軌道，一直鋪到樓梯下面。胡迪猛地一踩油門，賽車沿着軌道衝上了樓梯，就像安仔的爸爸把汽車開上斜坡一樣。

玩具們齊心協力地把軌道拖回安仔的房間，然後動作迅速地把它拆開、放回玩具盒子裏去。

胡迪高興地說：「拯救行動成功！我們做得不留一點痕跡！」

巴斯光年也得意地說：「那當然！安仔肯定不會發現的。」

這時，剛回到家的安仔媽媽正納悶着說：「奇怪，屋裏怎麼會有這麼多泥巴？」

⏱ 5分鐘好爸爸課堂

安仔玩完綠色士兵玩具就把他們丟在後花園裏了。外面下起大雨，綠色士兵們陷在泥濘中無法脫身，幸虧家裏還有一羣玩具好朋友，想盡一切辦法把士兵們救回來。

面對危急情況時，很多時候我們都會慌亂起來。可是，孩子你要緊記，情況越是危急，你越要保持冷靜，並且要懂得開口求助。你看，當胡迪聽到士兵們身陷泥濘時，他非常着急，幸好有火腿提出好主意，請賽車來幫忙；而當胡迪和巴斯光年原路返回安仔房間時，也出了意想不到的問題，就是賽車開不上樓梯啊！這時候，火腿再次展現他的智慧，再加上一眾玩具們通力合作，終於讓胡迪他們順利回到房間。

能夠將難題解決，將不可能變成可能，是要靠多動腦筋，還有團隊合作。當然，還要像胡迪和巴斯光年一樣，有拯救朋友的勇氣和決心，才能突破重重難關。

孩子，下次當你心情緊張的時候，先用力深呼吸幾下，放鬆心情，嘗試設法解決問題。如果你想不到辦法也不用怕，來告訴爸爸媽媽吧！因為爸爸媽媽會一直在你身邊支持你的。

✏ 給爸爸評評分

小朋友，你覺得爸爸今天講的這個故事好聽嗎？請你來評評分，把適當數量的 ☆ 填上顏色，給爸爸一點鼓勵吧！(5 顆星代表最高分)

☆ ☆ ☆ ☆ ☆

辛巴的煩惱

今天，辛巴和丁滿、彭彭吃了一頓非常豐盛的午餐，有鮭魚、漿果，還有一大塊新鮮的蜂蜜，他們都吃得捧着肚子，十分滿足。丁滿提議去河邊玩水，辛巴和彭彭馬上舉腳贊成。走着走着，突然發生了一點小意外。

辛巴發出了一種奇怪的聲音：「呃！」

丁滿問：「你怎麼了？」

辛巴解釋說：「哦，沒什麼。我只不過是在——呃——打嗝！」

他們接着走，可是辛巴卻沒有停止打嗝，這讓他覺得有點難為情，便自我解嘲道：「打嗝是很平常的事情，對吧？呃——！」

丁滿和彭彭都看得出辛巴很難受，很想幫助他。丁滿出了個主意，說：「我幫你治好它吧。不如嘗試忘記它？當你徹底忘記你正在打嗝這件事後，自然就不會再打的了。」

　　辛巴説：「忘記它？可我沒法把它——呃——忘記。它甚至使我不能吼叫。」為了證明這一點，辛巴把嘴巴張得大大的，可就在他要發出獅吼的時候，又打了一個響亮的嗝！

　　彭彭問辛巴：「你有沒有試過舔樹皮？」

　　辛巴不明白舔樹皮和治好打嗝有什麼關係。他納悶地問：「舔樹皮？」

　　彭彭解釋説：「每次我打嗝都是這樣治好的。或者閉上眼睛揑着鼻子，快速地倒着唸自己的名字，同時單腳跳，這樣也很管用。」

　　於是，辛巴閉着眼睛揑着鼻子，用單腳轉着圈跳來跳去，嘴裏還唸叨着：「巴辛，巴辛，巴辛……」可是折騰了半天，嗝還是沒止住，辛巴懊惱地喊道：「呃——！這方法不行

啊！」

彭彭想到了另一種可能，說：「也許是有什麼東西卡在你的喉嚨裏了。」

丁滿覺得彭彭的推斷有些不可思議。他問：「你怎樣知道？」

彭彭回答他：「因為我曾經遇過這種事啊。」

突然，「呃」的一聲，辛巴打了一個非常響亮的嗝，幾乎同時從嘴巴裏噴出了一隻特別大的蒼蠅。蒼蠅正好撞到一棵樹，掉到了地上。這隻已經被弄得頭暈轉向的蒼蠅搖搖晃晃地站了起來，抖了抖身體。

丁滿對辛巴說：「朋友，你做得真好！」辛巴正要答話，就被兩把同時發出的尖叫聲打斷了。彭彭和丁滿大喊道：「有晚餐吃了！」

彭彭和丁滿向這隻蒼蠅撲了過去。這隻倒霉的蒼蠅嚇得「嗡」地一聲飛走了——差點兒就被他們兩個抓住了！

辛巴心裏想：「這兩個貪吃的傢伙，看到吃的就連朋友都不管了。」不過……嗯，自己真的不再打嗝了。

每個人都會打嗝，這很正常。你小時候也經常打嗝，那時候，每次餵完你吃奶，你媽媽都會抱起你，把你的頭靠在她的肩上，然後輕輕拍你的後背，讓你打個嗝，把吃奶時吸進去的空氣吐出來，這樣你躺下時就不會吐奶了。有時候，你媽媽還會將你抱起，用指尖在你的嘴邊或耳邊輕輕搔癢，你一笑，打嗝就停了。

一般來說，人在吃得過飽、過急，或是喝水太急，令進入胃內的空氣過多，又或者吞嚥動作過大等情況下就容易打嗝。

打嗝讓人很難受，試用以下幾種方法來對付打嗝吧！

盡量屏氣，屏上 3 至 5 次即可見效；坐在牀上或鋪有墊子的地上，雙手抱膝，用膝蓋輕輕地壓着胸口，維持約 2 分鐘；一邊屏氣，一邊慢慢地喝溫水。如打嗝難以止住，但沒有特別不適的感覺，也可順其自然，一般來說，過一會兒就會停止。如果長時間連續打嗝，就要告訴爸爸媽媽帶你去看醫生了。

孩子，解決問題有很多不同辦法，只要你想知，爸爸媽媽都很樂意跟你分享我們所知道的，那麼你就可以越來越聰明呀！

給爸爸評評分

小朋友，你覺得爸爸今天講的這個故事好聽嗎？請你來評評分，把適當數量的 ☆ 填上顏色，給爸爸一點鼓勵吧！（5 顆星代表最高分）

危險的好奇心

這天，小比目魚去艾莉兒的藏寶洞找她玩，可是艾莉兒剛好不在。小比目魚把頭探進艾莉兒的藏寶洞，說：「我想我還是進去等她吧。」

小比目魚在洞裏悠閒地游來游去，這裏看看，那裏瞧瞧，洞裏到處都是艾莉兒從人間收集到的一些小玩意。

這時，藏寶洞裏一些有趣的東西引起了小比目魚的注意。他向着那東西游去時，突然看見一條魚無聲無息地在他旁邊出現，把他嚇了一大跳。當發現原來是他剛好經過一面鏡子，那條神秘的魚只是他自己的影像時，才大大地鬆了一口氣，自言自語道：「小比目魚啊，別那麼大驚小怪的。」艾莉兒也是經常這樣提醒他的。

小比目魚繼續在藏寶洞裏游來游去，又發現了一個他從來沒有注意過的東西——一個帶把手的正方形金屬盒。他納

悶地想：「這是用來幹什麼的呀？」

小比目魚盯着盒子上的把手猶豫了一會兒，終於鼓起勇氣拍打着魚鰭，用鼻子摁了一下按鈕，再轉了一下、兩下、三下，但是什麼動靜也沒有。當他正在轉第四下的時候——「啪」的一聲，盒子打開了，裏面的彈簧小丑蹦了出來，剛好打到小比目魚的鼻子上。

「哎喲！」小比目魚尖叫着逃開了，卻正撞在一個打開的首飾盒的蓋子上。盒蓋突然合上，小比目魚被關在裏面。

糟糕了，進去容易出來難，任憑小比目魚怎麼用力，都無法從裏面打開盒子。

盒子裏黑漆漆的，而且安靜極了，小比目魚只能聽見自己呼吸的聲音。過了一會兒，他的頭變得昏沉沉的，漸漸睡着了。

不知道過了多久，艾莉兒回來了。她看到小丑魔術盒打開了，於是對着周圍大聲喊：「小比目魚！你還在這裏嗎？」

小比目魚被驚醒了，立刻大聲地回應道：「我在這兒！」他沉悶的聲音從盒子裏傳了出來。

艾莉兒循聲游到首飾盒旁邊，然後打開蓋子，看見小比目魚在裏面。她驚訝地說：「你怎麼跑到盒子裏去了？」

小比目魚顧不上回答她，先大口吸了幾口氣，然後吐出幾個泡泡，這才感覺好多了。他說：「我只是好奇，結果讓自己陷入了困境。」他指了指那個一打開就跳出彈簧小丑的盒子說，「幸虧你來了，剛才把我嚇壞了！」

　　艾莉兒咯咯地笑了起來，說：「其實好奇心沒什麼不好，但要注意安全，不要做危險的事情，記住了嗎？」

　　小比目魚聽完後認真地點了點頭。

5分鐘好爸爸課堂

　　小比目魚獨自在艾莉兒的藏寶洞裏游來游去，誤打誤撞被困在首飾盒裏，幸虧艾莉兒把他救了出來。

　　孩子，幾乎所有的小朋友都有過像小比目魚那樣因為好奇而「陷入困境」的經歷，爸爸小時候也曾經到電視機後面找「蒙面超人」，差點兒觸電；還為了試試你祖父的刮鬍子刀片是不是夠鋒利，結果劃破了手指……現在想想這些事，真的很危險呢。

　　有好奇心是非常好的，很多偉大的科學家都對世界充滿了好奇。一個人為了自己感興趣的事情而做一些「親身嘗試」，這本來是一件好事，因為你會從中學到很多東西，得到成就感，變得越來越自信。但是你要記住，有些事情做起來可能會有危險，比如你在使用剪刀等鋒利工具做手工時，需要有大人在身邊指導；去陌生的地方或者參加爬山、游泳等活動時，一定要有大人陪同。

　　孩子，你時刻都要有保護自己安全的意識，在遊玩或嘗試新事物時也要留意周圍環境，才能及早察覺危險，避免意外發生。

給爸爸評評分

　　小朋友，你覺得爸爸今天講的這個故事好聽嗎？請你來評評分，把適當數量的 ☆ 填上顏色，給爸爸一點鼓勵吧！（5 顆星代表最高分）

☆　☆　☆　☆　☆

刺激的春天歷險

　　今天又是一個好天氣。在安仔的房間裏，玩具們都在忙着幫牧羊女寶貝找她的小羊。她老是這樣丟三落四的，這種事情已經發生過很多次了。

　　巴斯光年拉着胡迪到一邊，看着窗外的陽光，說：「胡迪，我們去屋頂坐一會兒，享受一下溫暖的春天吧。」

　　胡迪高興地說：「好啊！我們去曬一會兒太陽，安仔和他的媽媽沒有那麼快回來的。」

他們剛爬上屋頂，天色就變了。烏雲把陽光藏了起來，轉眼間，天空更揚起了閃電，還傳來轟隆隆的打雷聲，緊接着大雨噼哩啪啦地落了下來。

一切都變化得很快，胡迪還來不及回屋就被大雨沖下，直接沖進了屋頂的排水管道。他驚慌地大喊起來：「救命呀！」

巴斯光年一邊喊：「別害怕，我來救你……」一邊伸出援手，可他的話還沒說完，他也被大雨沖進了排水管道！

胡迪和巴斯光年順着雨水在排水管道裏向下滑，彷彿在經歷水上樂園的激流大冒險。還好，管道不算太長，他們很快就滑到了盡頭。可是，不等他們喘口氣，又有一股雨水沿着管道湧出來，把他們沖進了路邊的排水溝。現在，這兩個倒霉的玩具正奮力抓住一根卡在排水溝上的小樹枝，搖搖欲墜，幾乎要掉進排水溝裏去了。

綠色士兵們看到了這一幕，趕緊召喚其他玩具到窗邊，玩具們都擔心地驚叫起來。豬仔錢箱火腿驚慌地說：「我們得想辦法救我們的朋友！」

他們想到了彈弓狗的特殊技能——過去這種技能幫他們渡過了不少險境呢。

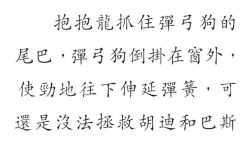

抱抱龍抓住彈弓狗的尾巴，彈弓狗倒掛在窗外，使勁地往下伸延彈簧，可還是沒法拯救胡迪和巴斯

25

光年。玩具們都伸出頭往窗外看，緊張得幾乎喘不過氣來。

這時，牛仔姑娘翠絲突然有了主意，她建議道：「我們來做一個玩具大接力吧！」於是，牧羊女寶貝抓住了抱抱龍，火腿抓住了薯蛋頭先生，綠色士兵們也加入了，翠絲是最後一個。彈弓狗再一次努力往前伸，讓胡迪和巴斯光年抓住他的耳朵，然後鬆開樹枝——「啪！」的一聲，胡迪和巴斯光年順利離開了危險的排水溝，重新回到了安仔安全溫暖的房間裏。

胡迪和巴斯光年抓緊時間弄乾身體，他們可不想讓安仔察覺出異常。

向大家表示謝意後，他們還不忘互相開開玩笑。巴斯光年對胡迪說：「謝謝你讓我有了這麼一次的刺激旅程！」

胡迪說：「應該感謝老天，給了我們這麼美好的春天！」

安仔有很多玩具，這些玩具互相關愛，就像一家人一樣。當胡迪和巴斯光年遇到危險的時候，所有的玩具就會一起合作拯救他們的同伴，他們想出的「玩具大接力」的辦法真是太厲害了。

孩子，要是朋友遇到了麻煩，我們該怎麼辦？

對！就是要想辦法幫助他。以前我們說過很多這樣的故事，比如小白兔到樹林裏採蘑菇時迷了路，小梅花鹿就送小白兔回家；還有小花鼠幫大象摘樹上的酸梨，又幫他拔去扎在腳上的刺，最後還和大象做了好朋友，令大象不再孤獨。

別人有難處，你去幫助他，當你遇到困難時，別人也會幫助你。大家互相幫助，解決了困難，還能成為好朋友，這是多麼快樂的事啊！

當朋友遇到困難時，也要學會借助大家的力量一起來幫助他。像玩具們，如果單獨行動，不一定能夠拯救胡迪和巴斯光年脫離危險，但是大家同心協力就一定可以。

給爸爸評評分

小朋友，你覺得爸爸今天講的這個故事好聽嗎？請你來評評分，把適當數量的 ☆ 填上顏色，給爸爸一點鼓勵吧！（5 顆星代表最高分）

丁滿和彭彭的新工作

自從丁滿和彭彭來到榮耀國後，他們開朗的個性帶給大家很多歡樂。不過，他們不願意整天只是吃和玩，想找些工作來做。

沙祖輔佐了木法沙和辛巴兩代獅子王，在他的輔佐下，整個王國被治理得井井有條，但卻對為丁滿他們安排工作的事感到頭痛，因為他們實在是太「特別」了。

獅子王辛巴說：「丁滿和彭彭都很隨和，讓他們做什麼都可以，因為他們懂得『Hakuna matata 無憂無慮法』——不用愁、不用煩，一切順其自然——那是他們的座右銘。」

沙祖嚴肅地說：「但那不是我的座右銘！」下午，沙祖就交給彭彭和丁滿一個任務：在母獅們外出覓食的時候照顧她們的小獅子。丁滿拍着胸口保證道：「沒問題！」

辛巴的女兒問：「我們可以去湖邊玩嗎？」

丁滿回答說：「當然可以，玩得開心一點啊！」

另一隻小獅子問道：「我們可以不午睡嗎？」

彭彭回答說：「如果你不想睡的話，當然可以啦！」

小獅子們覺得丁滿和彭彭簡直是世界上最好的保姆。但沙祖並不這麼覺得，他快被氣死了，立刻撤換了他們。

第二天，沙祖讓丁滿和彭彭去清理湖邊的雜草。但拔草的時候，他們發現了很多新鮮的蟲子，馬上痛快地大吃一頓，把工作忘記得一乾二淨。他們吃得飽飽的，自然想好好地睡個午覺了。

沙祖看見了大聲喝道：「你們在做什麼？工作的時候怎麼可以睡覺！」

丁滿卻輕鬆地說：「不要生氣嘛，你看上去總是緊張兮兮的。」

沙祖繼續嚷着：「緊張？不是！我是非常緊張！我是辛巴最信任的助手，我必須令王國的一切都井井有條！」

彭彭說：「你很稱職，而且做得非常出色！」

丁滿接着說：「不過，如果你從來都不能停下來享受的話，那麼一個井井有條的王國對你有什麼意義呢？」

沙祖得承認，丁滿說得很有道理。王國裏的居民一看見他來了，紛紛埋頭工作，或趕緊躲往別的地方。也許他對大家都太苛刻了，包括對他自己。

沙祖想了想，說：「先生們，我終於給你們找到合適的工作了。我任命你們做『無憂無慮大臣』，負責監督大家做事不要太過緊張，反而令事情變得糟糕。」

　　辛巴得知這個消息後非常高興。他誇獎沙祖說：「沙祖，你真是個天才！」

　　沙祖覺得這個安排能讓丁滿和彭彭盡情發揮他們所長，他也對自己的這個安排非常滿意呢。

5分鐘好爸爸課堂

　　丁滿和彭彭每天都開開心心的，因為他們的座右銘就是「無憂無慮，順其自然」。沙祖則和他們剛剛相反，不苟言笑，事事講求規矩。孩子，其實兩種的生活態度都有可取之處，爸爸只希望你做個善良、有責任感的人，過得健康快樂。

　　在這個故事中，爸爸特別想跟你分享的，是沙祖的智慧。你有留意到嗎？沙祖做事一板一眼，所以特別忍受不了丁滿和彭彭隨意行事，而且他自己也承認，對榮耀國的居民，甚至對他自己，也有着很高要求。可是，一向有着這樣思維的沙祖，卻在丁滿和彭彭的提醒下發現到自己的不足之處，虛心接納意見，而且在短時間內便想出任命丁滿和彭彭為「無憂無慮大臣」——這是一個創新的職位，能讓丁滿和彭彭盡展所長，沙祖的反應真是迅速，十分聰明，連獅子王辛巴也對他讚譽有加呢！

　　孩子，爸爸希望你有一顆寬容的心，能夠虛心聽取別人的意見。在別人告訴你有不足的地方時，能夠反省自己；而更進一步的，是想出解決方案，將事情做得更好！

給爸爸評評分

　　小朋友，你覺得爸爸今天講的這個故事好聽嗎？請你來評評分，把適當數量的 ☆ 填上顏色，給爸爸一點鼓勵吧！(5 顆星代表最高分)

辣椒醬的啟示

廚房裏，花木蘭正心事重重地攪拌着鍋裏的湯，祖母花婆婆坐在桌旁，仔細地挑出大米裏面的沙子。祖孫倆誰也不説話，她們都在想着剛才從朝廷傳來的消息。

匈奴入侵中原，朝廷下令每家每戶必須派出一名男丁為朝廷抵禦匈奴。木蘭沒有兄弟，父親就只好上陣了。

木蘭的父親曾經是一位英勇的士兵，可是上次出征受的傷還沒好呢。加上現在他年老了，身體也不復年輕時的壯健，再也經受不起戰場上的硝煙與搏殺了。如果這次父親出征，恐怕很難平安回來了。木蘭想到這兒，心裏一陣難過。

木蘭問祖母：「為什麼一定要父親上戰場？他已經為國家貢獻許多了。而且，國家有這麼多年輕強壯的男子，就算他不去，對朝廷也不會有什麼影響呀。可是父親一旦戰死了，我們家可怎麼過呀？」説完，她重重地歎了口氣。

花婆婆也無可奈何地歎了口氣，説：「木蘭，你説的也

許沒錯。孤零零的一個人，就好像我手上的這粒米，實在做不了什麼。」然後，她抓起一把米放進碗裏，接着說：「如果把所有的米都放進碗裏，就能養活很多人。朝廷需要的是一支由很多人組成的軍隊，這樣才能抵禦匈奴的入侵，保護我們這些百姓的安全。」

木蘭聽了祖母的話後痛苦地搖了搖頭，她擔心自己一開口就會情不自禁地哭起來。要讓父親作出那麼大的犧牲，她接受不了這樣的事實。

花婆婆心裏也和木蘭一樣難過，但是她明白聖旨不能違抗。她站起來，靜靜地走出了廚房。

木蘭還在不停地攪拌着鍋裏的湯。這時，她看到灶台旁邊有一個小碗，碗裏面放着紅色的辣椒醬。她拿起碗若有所

思地看着，心裏想着祖母的話：「一粒米微不足道。」但她又想：「可是，這碗裏的一點點辣椒醬作用卻不小呢，它可以改變整整一鍋湯的味道。也許，一個人要想做一件事，就一定能改變點什麼。」

木蘭笑着把碗裏的辣椒醬全倒進鍋裏，心情也隨之豁然開朗。

木蘭大叫一聲：「湯來了！」

她心裏暗暗決定：從今天起，我就要做這個小小的辣椒醬！

花木蘭只是個普通女孩，應該和參軍打仗拉不上關係，可是她不忍心讓年邁傷病的父親再上戰場，就決定女扮男裝代替父親上戰場。由於她作戰勇敢，最後還成了將軍。說起來都讓人不敢相信，是一碗辣椒醬給了木蘭啟發。木蘭發現，在湯裏放一點點辣椒醬，就可以改變整鍋湯的味道！於是她就想，如果自己嘗試做一件事，是不是也能改變人生的航向？就是她的一個替父從軍的想法，最終讓她成為人人稱頌的巾幗英雄。

孩子，沒有誰天生就是大英雄，所有成為英雄的人，最初也都是很普通很平凡的人；但即使再平凡的人也可以有不平凡的想法，也可以嘗試做不平凡的事情，讓自己原本平淡的人生變得精彩無比。

孩子，你有留意到嗎？木蘭從一個生活小細節中得到啟發，你也可以像她一樣，多觀察身邊的事物，並要經常發揮你豐富的聯想力，那麼你也可能會有意想不到的收穫。

爸爸希望無論旁人把你看得多麼平凡普通，任何時候你都不要看輕自己。因為只要你夠細心，肯努力，就可以改變很多事情，甚至可能改變整個世界呢。

給爸爸評評分

小朋友，你覺得爸爸今天講的這個故事好聽嗎？請你來評評分，把適當數量的 ☆ 填上顏色，給爸爸一點鼓勵吧！(5 顆星代表最高分)

☆ ☆ ☆ ☆ ☆

當一天幼稚園老師

早上，大眼仔剛從更衣室出來，他的女朋友莎莉就來找他了。

她對大眼仔說：「我碰到點小麻煩呢。今天幼稚園的老師生病了，需要找人接替她的工作。你這個月的驚嚇任務已經完成，所以，你能不能……」

大眼仔嚇了一跳，睜大眼睛說：「當一天幼稚園老師？」

這時毛毛走了過來。他插嘴說：「我們非常樂意幫忙，莎莉，放心交給我們吧！」

可是，大眼仔並不喜歡照看吵吵鬧鬧的小孩子。他抱怨道：「毛毛，你是不是瘋了？」

毛毛聳了聳肩說：「這有什麼大不了的，不就是照看小孩嗎？給他們吃點兒點心，讓他們看會兒電視、玩會兒遊戲，就能輕鬆完成任務啦——就像用公費度假一樣啊！」

不過，當他們來到幼稚園時，就知道毛毛的話是錯的。

這裏到處都是小怪獸！他們有的正吊在天花板上盪鞦韆，有的在牆上爬來爬去，還有的從這個角落跳到那個角落。

毛毛深吸了一口氣，對大眼仔說：「我們只要讓他們知道，這裏是誰說了算就行。」他轉向小怪獸們，大聲說：「好了，孩子們！毛毛叔叔和大眼仔叔叔來了，大家快坐好啊！」

可是，這些小怪獸不但沒有安靜下來，還爬到他們身上，喊着：「騎牛牛！耶！玩皮球！」

大眼仔自言自語道：「我看他們不知道這裏是誰說了算，得給這些頑皮的孩子們知道我們的厲害。」可是他的話還沒有說完，就被一個六腳小怪獸當球一樣舉了起來，又扔給了他的雙胞胎兄弟。

大眼仔嚇得尖叫起來：「救命啊！」毛毛趕緊跑過來接住大眼仔，把他放回到地上。

大眼仔不滿地對毛毛說：「難道這就是『公費度假』？」

毛毛冷靜地說：「這樣吧，我們讓孩子們看會兒電視。」

可是，電視機早就被小怪獸們弄壞了。要不吃些點心？

還是算了，因為所有的餅乾都已經被吃光了。講故事呢？這個當然好！不過，一個剛學會走路的四眼怪把所有的書都撕碎了。

最後，毛毛說：「我們來試試唱首歌吧！」於是，毛毛和大眼仔唱起了《大蜘蛛》和《怪物的車輪子》，沒想到，小怪獸們竟然紛紛安靜下來，後來還跟着唱了起來，有的小傢伙還邊唱邊跳舞呢。

大眼仔不再沮喪了，他對毛毛說：「照看小孩果然一點兒也不難。多虧了你，在困難面前不退縮也不抱怨，找到了照看孩子的好辦法！」

5分鐘好爸爸課堂

照看小孩子並不是大眼仔和毛毛的專長，所以他們接替幼稚園老師的工作時遇到了麻煩。但毛毛並沒有放棄，他和大眼仔想了很多辦法，終於讓小怪獸們安靜下來。

孩子，一個人在成長過程中總會遇到各種各樣的困難和挫折，我們該怎樣面對它們呢？

爸爸覺得，一碰到困難就哭鼻子、流眼淚、發脾氣都是不正確的做法，因為眼淚並不會把困難沖走。

孩子，讓爸爸告訴你正確的做法吧！首先是不灰心、不沮喪，要有堅定的意志和樂觀的心態，要相信辦法總比困難多，多想、多試幾種辦法，困難總會被解決的。

如果實在遇到了大麻煩，自己怎麼也解決不了的時候，可以找小伙伴一起想辦法，要是小伙伴也想不出好辦法，那就向爸爸媽媽或者老師求助，請大人們和你一起對付調皮的小麻煩鬼。

給爸爸評評分

小朋友，你覺得爸爸今天講的這個故事好聽嗎？請你來評評分，把適當數量的 ☆ 填上顏色，給爸爸一點鼓勵吧！(5 顆星代表最高分)

☆ ☆ ☆ ☆ ☆

特別的交流方式

小魚仙艾莉兒終於初次化為人形，跟艾力王子相遇了。自從昨天他們一起玩棋子遊戲後，一切都變得越來越順利——他們的關係變得更好了。

這天，艾力王子和艾莉兒坐上馬車離開了王宮，他想帶她出去玩。艾莉兒第一次坐馬車，好幾次差點兒從座位上滑下去，因為她才剛剛變成人，還不太習慣用她的雙腿。

王子問艾莉兒：「你餓了嗎？」然後指了指路邊的餐廳，期待地望着她。

艾莉兒微笑着對他點了點頭。她不能說話，因為她跟海底女巫烏蘇拉訂立了契約，以自己的聲音來換取成為人類女孩，才可以跟艾力王子在一起。

餐廳裏幾乎沒什麼人。艾力和艾莉兒坐在一張餐桌旁，店主是一位慈祥的老婆婆，她走過來招呼他們，親切地問道：

「尊貴的客人們，想吃點兒什麼？」

艾力輕聲問艾莉兒：「你要……來份濃湯嗎？」然後望着艾莉兒等她表態，艾莉兒點了點頭。王子又說：「再給我們來一份店裏的特色菜，還有甜品。」艾莉兒無法說話，她很高興艾力願意在必要時替她說話。雖然她非常非常想自己開口說話，並且想告訴艾力，自己和他在一起有多開心。

老婆婆離開後，餐廳裏變得很安靜。艾莉兒想試着用手勢跟王子交流，但艾力好像理解不了，所以她只能點頭或搖頭。怎樣才能讓王子知道自己的想法呢？這似乎是一件很困難的事情。

這時，店主老婆婆為他們端來了食物，現在他們可以專心吃東西了。老婆婆並沒有離開，而是走到角落裏一架鋼琴前。她坐下來，把雙手放在那些黑黑白白的琴鍵上，開始彈

奏。

　　艾莉兒以前從沒見過人類的鋼琴，鋼琴發出的聲音和父親皇家樂隊的那些樂器有很大不同。現在，她完全被琴聲深深地吸引住了。艾莉兒想跟着琴聲一起唱歌。雖然她唱不出來，但音樂使她想起了海浪的節奏。艾莉兒不由自主地站起來，開始旋轉舞動，可是她仍不太習慣使用她的雙腿，舞步非常彆扭，一下子把自己絆倒了。

　　就在她快摔倒在地的一剎那，艾力伸出手臂挽住了她的腰。王子問她：「你以前沒跳過舞嗎？」艾莉兒害羞地搖了搖頭。

　　王子微笑地看着她説：「來，我教你。」他帶着艾莉兒旋轉起來。艾莉兒真是個舞蹈天才，她不停地轉着、笑着。原來用這種方法也可以交流，她真是太高興了！

5分鐘好爸爸課堂

　　王子帶着艾莉兒跳舞的時候，雖然艾莉兒不能說話，但他們仍然很愉快，因為他們通過舞蹈動作懂得了對方的心思，交流了彼此的感情。

　　孩子，我們日常與人交流，大多是通過說話，也就是「有聲語言」來進行的。人們除了用說話來傳遞心聲、表達情感以外，還用許多別的形式，比如手勢、表情、體態、眼神、語調等，我們把這些形式稱為「無聲語言」。有時候，人們沒有說話，但是一個擁抱、一個親吻、一個微笑、一個關切的目光……就能讓彼此感受到對方的友善和愛意。

　　在表達情感時，「無聲語言」有時比「有聲語言」更直接、更有力。比如，當你看到你的朋友在哭，你走過去給他一個大大的擁抱，比你勸他半天更能讓他感到溫暖。在傳遞信息時，「有聲語言」卻比「無聲語言」更清晰、明確。比如，當你想告訴我，你們學校周末要舉行郊遊，這時「有聲語言」就比「無聲語言」更方便。所以，今後你可以結合這兩種表達方式的優勢，逐步提升你的表達能力！

給爸爸評評分

　　小朋友，你覺得爸爸今天講的這個故事好聽嗎？請你來評評分，把適當數量的 ☆ 填上顏色，給爸爸一點鼓勵吧！(5 顆星代表最高分)

☆ ☆ ☆ ☆ ☆

溫馨寄語

　　孩子長大的每一天都是積累智慧的過程，學會人生的哲理，可以幫助孩子跨過一路上的困難險阻，成長為一個有思想、善思考的孩子，甚至是一位足智多謀的小英雄。

第二章

學習品德修養

說話要算數

眾所周知，閃電王麥坤每次在比賽中都可以獲得好成績，這功勞離不開他出色的後勤團隊。在他的維修站裏有兩名重要的成員——勞佬和阿佳，這兩個來自意大利的小汽車不僅是好朋友，還是一對特別有默契的拍檔，他們拿手的「高空堆砌輪胎斜塔」堪稱神乎其技，而「十秒鐘更換輪胎」的技術更是無與倫比，他們的高效率讓其他車隊的維修組既汗顏又羨慕。

勞佬性格爽朗，心直口快，反應亦很快；而阿佳性格木訥，少言寡語，但工作效率奇高。一般來說，勞佬出主意、做決定的時候較多，而阿佳亦一直信任他、聽從他。

在一場比賽之前，麥坤如以往一樣在維修站仔細地檢查着自己的狀態，他試跑了幾個圈，發現輪胎的坑紋已經開始磨蝕，便連忙進入維修站裏。

「進來！維修！」阿佳一直重複着這兩句話，他時刻都處於備戰狀態。

「我的輪胎磨蝕了，需要更換新的輪胎。」麥坤對勞佬和阿佳說。

「好的，麥坤！」勞佬轉身便去拿起全新的輪胎，「這組白色輪胎看起來很威風，非常適合你！」

可是，阿佳卻替麥坤換上了一條深坑紋的輪胎。

勞佬見了連忙制止說：「阿佳，你拿錯了！這是給雨天使用的防滑輪胎！」然後他拿起白色的輪胎說：「這才是麥坤應該用的！」

「不對，才不是呢！」阿佳固執地拒絕道。

面對這固執的小叉車，勞佬強壓心頭的怒火，說：「你覺得一會兒會下雨嗎？我的朋友，你錯了！」

「不！用這個！」阿佳堅持道。

「哦，不會吧？他們怎麼吵架了？」麥坤感到很奇怪，他趕緊去調停勞佬和阿佳的紛爭。

「嗯……也許阿佳說得對！」麥坤抬頭看看天，若有所思地低聲說。

「麥坤，我們打個賭怎麼樣？如果一會兒下雨，我這輩子就不賣輪胎，改賣汽油！」勞佬生氣地說。

「勞佬，你怎麼可以這樣說話呢？阿佳，快給我換上雨天輪胎吧！」麥坤說。

「哼！」勞佬被朋友們如此質疑，心情自然很差。他說：「不信我的話，那就看結果吧！」

沒過多久，大雨真的傾盆而下，但比賽照常舉行。由於麥坤及時換上了防滑輪胎，他比其他選手都跑得更穩更快，發揮得最好。

「太好了，我贏了！」麥坤高興地喊道。

「阿佳，你就是運氣好！」勞佬不服氣地說。

當他看到好朋友們都默不作聲地笑看他時，他無奈地說：「好吧，我現在就去實踐自己許下的諾言！」

勞佬和阿佳是麥坤後勤團隊裏一對特別有默契的拍檔。但在決定該給麥坤換什麼輪胎時，兩人之間卻產生了分歧：勞佬認為白色輪胎很威風，非常適合麥坤，阿佳卻堅持用防滑輪胎。勞佬一怒之下就跟麥坤打賭說：「如果一會兒下雨，我這輩子就不賣輪胎，改賣汽油！」後來，果然下雨了，勞佬雖然不情願地去賣汽油，但也不得不去實踐自己的諾言。

孩子，說話算數的人才能獲得別人的信任和尊重。爸爸希望你能養成說話算數的好習慣：

第一，在作出承諾之前，一定先問自己：「我可以做得到嗎？」因為提出的承諾一定是要可以做得到的。

第二，如果因為特殊情況令承諾不能兌現，必須向別人清楚解釋不能兌現承諾的原因，並且真誠地說聲「對不起」，請求別人的原諒。

第三，要敢於承擔不守諾言的不良後果。比如你想我給你買一件玩具，並答應為了得到這件玩具，你接下來的一個月會幫我做一些清潔工作，但若是你後來沒有履行自己的承諾，爸爸有權沒收你的新玩具，這就是不守諾言的不良後果。

給爸爸評評分

小朋友，你覺得爸爸今天講的這個故事好聽嗎？請你來評評分，把適當數量的 ☆ 填上顏色，給爸爸一點鼓勵吧！（5 顆星代表最高分）

不說謊的木偶

老木匠蓋比特很疼愛小木偶皮諾丘，可是皮諾丘經常不小心闖禍，蓋比特有時也為此頭痛不已。

一天，蓋比特對皮諾丘說：「我出去辦點事，可能幾個小時後才會回來。你乖乖待在家裏，不要闖禍啊！」可是他剛離開了一會兒，皮諾丘就待不住了！

他抱怨說：「真無聊……」

小蟋蟀格里奧說：「你可以幫忙打掃一下房間啊。」

皮諾丘嘟着嘴說：「打掃房間一點都不好玩……我還是來畫一幅畫吧！」

格里奧問：「你要在哪裏畫呢？」

皮諾丘乾脆地回答道：「在爸爸的工作枱上。」

格里奧提醒他：「蓋比特說過，不讓我們靠近他的工作枱。」可是，他的話說得太遲了。

只聽皮諾丘大叫了一聲：「哎呀！」他把紅色的顏料弄翻，顏料流到了工作枱上。他趕忙抓起抹布，想把工作枱擦乾淨，可這樣一抹，反而把顏料抹得到處都是。

皮諾丘傻眼了，他四下看了看，見小貓阿菲正靠在爐子旁邊睡覺，突然就有了一個主意。皮諾丘小聲說：「我說這是小貓弄的，不就行了嗎？」

格里奧擺擺手說：「那樣做是不對的。」

皮諾丘問他：「那該怎麼辦呢？爸爸一定會大發脾氣的！」

格里奧建議道：「你為什麼不乾脆把整個工作枱都塗上顏色呢？」

皮諾丘想：「這倒是個好主意！」於是，皮諾丘開始忙碌起來。他先把工作枱面塗成鮮紅色，然後又把抽屜塗成了綠色和黃色。

不一會兒，工作完成了。格里奧讚歎道：「看起來真漂亮啊！」

皮諾丘雖然贊成地回應道：「是啊，不錯。」可他還是高興不起來，他擔心會被爸爸責罵。

幾小時後，蓋比特回到家裏，看到煥然一新的工作枱，不禁讚歎起來：「這真是一件藝術品！顏色這麼亮麗，讓整間屋子看起來都生機勃勃的。皮諾丘，你怎麼會想到這麼好的主意呢？」

皮諾丘低下頭，不好意思地小聲回答道：「我把顏料弄翻了，怎麼抹也抹不乾淨，於是就把整張工作枱都塗上了顏色……對不起，爸爸。」

蓋比特沉默了一會兒，然後說：「我為你感到自豪，皮諾丘。」

皮諾丘問：「因為我把工作枱塗上了顏色嗎？」

蓋比特和藹地說：「不是，我為你感到自豪是因為你沒有說謊，還道了歉，這是需要勇氣的。犯了錯誤要敢於承認。當然，知錯能改就更好了！」

皮諾丘終於鬆了一口氣，晚上睡覺也特別香甜呢。蓋比特親了親皮諾丘的額頭，說：「孩子，你今天做得真好。」

皮諾丘不小心把顏料灑在工作枱上，怎樣抹也抹不乾淨。最初，他怕挨罵就想把責任推到小貓阿菲身上。後來在格里奧的提議下，他乾脆把整張工作枱都塗上了顏色。雖然重新塗上顏色的工作枱很好看，可他心中仍然有一絲擔憂。

沒想到蓋比特回家看到煥然一新的工作枱，不僅沒有生氣，還讚歎說是一件藝術品呢！

爸爸的鼓勵給了皮諾丘勇氣，他對爸爸說出了實情。蓋比特為皮諾丘不說謊、主動承認過錯的勇氣而感到自豪。皮諾丘為犯上錯誤的小孩樹立了良好的榜樣，而蓋比特也為父母做了好的示範。

孩子，每個人都應該對自己的行為負責，不能出了差錯就推卸責任，甚至為了掩飾過失而說謊，那就是錯上加錯了。

皮諾丘做得很好，他敢於認錯，是個誠實的好孩子。而蓋比特做得更好，他讓皮諾丘知道，即使犯了錯，也不必說謊，知錯能改就好，而誠實是非常可貴的品格。

孩子，爸爸今天最想告訴你的是：「即使你犯了錯，爸爸媽媽還是會愛你、接納你！」

給爸爸評評分

小朋友，你覺得爸爸今天講的這個故事好聽嗎？請你來評評分，把適當數量的 ☆ 填上顏色，給爸爸一點鼓勵吧！（5顆星代表最高分）

花尾的秘密武器

這是一個溫暖的夏日午後，小鼬鼠花尾正在和朋友們玩捉迷藏。他尋找桑普已經很久了，可是桑普到底躲到哪兒去了呢？「出來吧，我找不到你。我認輸！」花尾喊道。

小兔桑普突然大喊一聲，從一堆灌木叢中蹦了出來：「我藏在這兒呢！啊哈！」突然他的表情呆住了，接著又吸了吸鼻子，說：「不對，有一股怪怪的氣味。」

花尾的臉立刻羞紅了，不好意思地說：「對不起，我放了個屁。我一被嚇到就會這樣。」

桑普趕緊摀住了鼻子，不滿地說：「噢！天哪！你在發出臭味之前，最好先通知我們一下！」

花尾不好意思地說：「你應該在跳出來之前先通知我，這樣我就不會被嚇着了！不過，這氣味過一兩天就會散了。」

可是一兩天對桑普他們來說實在是太長了，因為這種氣味真是太臭了！

小鹿斑比支支吾吾地對花尾説：「對不起，我，唔，我好像聽到我媽媽叫我呢！」

小鹿花娜也已經透不過氣來了，她勉強地説：「我也是。再見了，花尾⋯⋯兩天以後見！」

桑普咯咯地笑着説：「或者三天之後再見吧！」

花尾還沒弄清是怎麼回事呢，朋友們就都已經跑光了。可憐的花尾在想，如果自己不是一隻小鼬鼠該多好啊。現在他把朋友們都熏跑了，連捉迷藏都不能玩了！回到家裏，不管爸爸媽媽怎麼安慰他，花尾還是覺得，做一隻小鼬鼠真是一點也不好！

幸而，第三天一大早，斑比、花娜和桑普就來找他玩了。

斑比問花尾：「今天我們玩什麼呢？」

花尾説：「除了捉迷藏，玩什麼都行！」

桑普説：「我們來玩追逐遊戲怎麼樣啊？準備好了沒有？開——始——了！」

正在這時，他們身後忽然傳來了樹葉摩擦的沙沙聲，他們轉身一看，竟然看到了一張尖

尖的臉和一雙小小的眼睛。桑普尖叫起來：「是狐狸！」

花尾嚇得渾身發抖，叫道：「狐狸！」然後趕緊舉起尾巴擋住了自己的臉……接下來，大家都知道發生了什麼事——那隻狐狸立即捂着鼻子飛快地逃跑了。

花尾紅着臉害羞地對朋友們說：「對不起！」

斑比卻說：「你不用覺得不好意思，這一次真多虧了你呢！」

花娜也說：「謝謝你，花尾。」

桑普也由衷地讚揚道：「你的秘密武器真厲害，太有用了！」

聽朋友們這麼一說，花尾開心極了，他再也不用為此感到自卑了。

5分鐘好爸爸課堂

小鼬鼠花尾很自卑，因為他身體發出的古怪氣味把朋友們都熏跑了，爸爸媽媽的安慰也不能讓他開心，他覺得做一隻小鼬鼠真是一點也不好。可是當大夥兒遇到狐狸的偷襲時，恰恰是小鼬鼠的氣味發揮了作用，趕跑了狐狸，朋友們都覺得這個秘密武器太有用了。

鼬鼠的臭氣、墨魚的墨汁、蜜蜂的針刺、眼鏡蛇的毒牙，雖然令人難以接受，卻是牠們保護自己的武器。

孩子，每個人身上都可能會有一些讓別人不習慣，甚至看不順眼的「特點」。如果你身邊有這樣一些被大家認為比較「怪」的小朋友，你一定不要嫌棄他們，應該要去積極地發掘「怪」背後的過人之處，並且不要吝嗇你的讚美，要清楚、堅定地告訴那些小朋友他們的過人之處，幫助他們重拾自信。

如果這些小朋友遭到別人的取笑，你要真誠地幫助他們，告訴那些取笑別人的人，每個人都是很獨特的，大家要互相尊重，和平共處。

給爸爸評評分

小朋友，你覺得爸爸今天講的這個故事好聽嗎？請你來評評分，把適當數量的☆填上顏色，給爸爸一點鼓勵吧！(5顆星代表最高分)

把自己弄丟了

　　不是所有的孩子都像温蒂那樣堅定不移地相信仙子與精靈的魔法，有一輩孩子認為所謂的「夢幻島」只存在於夢境裏。而夢幻島的仙子們覺得，這些孩子過早地失去了童年的天真與想像力，於是稱他們為「失落的孩子們」。

　　這一天，「失落的孩子們」在夢幻島玩了一個下午的冒險遊戲，他們都很累了，於是朝回家的方向走去。走着走着，他們在美人魚湖岸邊停了下來。看着周圍的景色，他們當中

領頭的孩子疑惑地説：「我們剛才明明已經路過這裏了，可是現在怎麼又回來了？」「失落的孩子們」互相對望，誰都不明白這是什麼原因。

此時，他們身旁的一堆灌木叢裏有一個小小的仙子正捂着嘴巴偷偷地笑着。原來這都是小叮噹的惡作劇。她看到孩子們要回家，忍不住和他們開了一個玩笑。

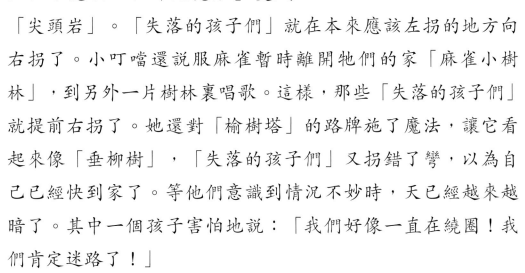

她用隱身法飛到「失落的孩子們」前面，在路標上施了魔法，把「光禿岩」變成「尖頭岩」。「失落的孩子們」就在本來應該左拐的地方向右拐了。小叮噹還説服麻雀暫時離開牠們的家「麻雀小樹林」，到另外一片樹林裏唱歌。這樣，那些「失落的孩子們」就提前右拐了。她還對「榆樹塔」的路牌施了魔法，讓它看起來像「垂柳樹」，「失落的孩子們」又拐錯了彎，以為自己已經快到家了。等他們意識到情況不妙時，天已經越來越暗了。其中一個孩子害怕地説：「我們好像一直在繞圈！我們肯定迷路了！」

小叮噹一直在偷聽他們的談話，使勁憋着不笑出聲來，可最後她還是忍不住，哈哈大笑起來了。

其中一個孩子説：「嘿，你們聽到什麼聲音了嗎？」説着，他馬上奔向路邊的灌木叢，把樹葉撥到一邊，發現小叮噹正盤旋在空中，捧着肚子笑個不停呢。

這個孩子大叫起來：「原來是你，小叮噹！」孩子們很快就明白過來，小叮噹在嘲笑他們，原來迷路都是她搞的鬼。

小叮噹笑着對他們説：「這次你們該相信仙子的魔法吧！」

另一個孩子生氣地回答道：「這哪裏是什麼魔法？分明是惡作劇！」

小叮噹笑着飛走了。她沿着平日回家的路線飛行：在「垂柳樹」向左拐，在「麻雀小樹林」前面向右拐，在「尖頭岩」右拐，就能看到「閃光小溪」。順着小溪走，就能來到「月亮瀑布」了，那裏就是仙子之家的門口。

可是這一次小叮噹發現事情有點不妥。她在「尖頭岩」右拐之後卻看不到閃光的小溪了。她不知道自己到底在哪裏⋯⋯原來連她自己也迷路了。

　　小叮噹要捉弄「失落的孩子們」，給他們一點教訓，所以使用魔法讓他們迷了路，回不了家。可是，小叮噹卻中了自己的魔法，她也迷了路。

　　這個「好玩」的故事，讓我們知道，不要出壞主意去捉弄別人，這樣做會讓別人陷入麻煩和危險，有時候還會影響到自己。與朋友相處時，要多尊重、體諒別人，做一個心胸寬廣的孩子。

　　爸爸問你，要是在學校裏有淘氣的朋友捉弄你，你該怎樣對待他們呢？

　　如果這個惡作劇沒有讓你感到不舒服，你大可一笑了之，因為有些小朋友並不壞，只是覺得搞惡作劇很好玩。若有些小朋友借惡作劇嘲弄你，讓你覺得很難受，你可以嚴肅地告訴他們這樣做是不對的，已經傷害到你，請他們以後不要這樣做，否則你可以告訴老師，讓老師教導他們。

　　孩子，今天爸爸最想告訴你的是：不要去侵犯別人，同時也要好好保護自己。

給爸爸評評分

　　小朋友，你覺得爸爸今天講的這個故事好聽嗎？請你來評評分，把適當數量的☆填上顏色，給爸爸一點鼓勵吧！（5顆星代表最高分）

不公平競爭

打冷鎮大多時候都是風平浪靜、氣氛和諧，除非……除非有他們四個——布斯特、文戈、鼻涕蟲斯諾特和DJ湊在一起！

「想起這件事就覺得帥氣極了！我實在等不及要試試我們的新招數了！」斯諾特說這些話的時候，引擎忍不住一直咆哮着。

「別着急，兄弟！我們得耐心等待，看看會有哪個笨蛋路過這裏。」布斯特不懷好意地往遠處瞄去。

「啊哈，果然沒錯，居然有兩個傢伙一起過來了！」斯諾特向同伴報告。然後他急不可待地迎了過去。

「嘿，朋友們，你們兩個誰有本事，敢和我比試倒車？」斯諾特說。

閃電王麥坤立刻警覺起來，看來斯諾特又有壞主意了！可是哨牙嘜卻沒想這麼多，他立刻回應道：「哇哦，我來！

我來！倒車是我最擅長的！」

於是，在一條空無一車的公路上，哨牙嘜與斯諾特開始了較量。可是，麥坤發現DJ的車頂上有一大束仙人掌花，他心裏想：「他帶着這些想做什麼？」

一聲令下，哨牙嘜與斯諾特幾乎同時出發，爭先恐後地向預定的目的地衝去。可是就在這時，DJ一邊將自己的音量調到最大，一邊把他事先準備好的仙人掌花拋給斯諾特，大叫：「接好了！這些小花會令你更搖滾！」

「乞……乞……乞嗤！」斯諾特打了一個巨大無比的噴嚏，立刻飛了起來，原來他對花粉過敏！「乞……乞……乞嗤！」斯諾特在打噴嚏的作用下獲得了強勁的馬力。他遠遠地拋離了哨牙嘜，到達了比賽終點。

「唉，我輸了……」哨牙嘜鬱悶極了。

「嘿，你們作弊！」麥坤對這個賽果提出了強烈的抗議。

可是飛車黨們卻擺出一副無賴的表情：「呵呵，難道你期待着公平的競爭嗎？別開玩笑了！」

「既然是不公平的競爭，哨牙嘜有權要求重新比賽！」麥坤氣憤地說。

「嘿嘿，你想怎樣都可以，朋友！」斯諾特說。

「現在就重新比賽！不過這次要由我來選擇賽道！」麥

坤堅定地說。

　　斯諾特對他的同伴們說：「我需要更多的花兒來刺激起我的過敏反應！噴嚏就是我的致勝武器！」

　　於是，比賽在一個新場地重新開始了。哨牙嘜奮力奔跑，斯諾特故技重施。「乞嗤！乞嗤！」他不停地打着噴嚏，強勁的馬力促使他飛了出去……飛到了山崖邊！他來不及煞掣，整輛車掉了下去。慶幸山崖並不算很高，只是有一大片仙人掌花在迎接他。

　　「乞嗤……乞嗤……」斯諾特陷在仙人掌花叢中沒完沒了地打着噴嚏，打得他都快散架了。「救命啊！我對仙人掌花超級過敏！」

　　麥坤站在山崖邊上俯視着斯諾特，說：「知道錯了吧？記住了，在賽道上，根本沒有捷徑！只有公平競爭才能贏得別人的尊重！」

斯諾特和哨牙嘜比賽時用仙人掌花作弊，結果跑贏了哨牙嘜。麥坤發現了斯諾特的這一詭計，索性將計就計，重新選了一個比賽場地，斯諾特果然故技重施，但這次卻被自己強勁的噴嚏拖累，直墮下了山崖。斯諾特的不公平手段最終害了自己。

孩子，一個人沒有競爭意識和競爭能力是很難在社會上立足的。但競爭不是狹隘的、自私的，競爭者應該具有廣闊的胸襟；競爭不應是陰險和狡詐，暗中算計別人，而應是以實力超越；競爭不排除合作，沒有良好的合作精神和集體信念，單槍匹馬的強者是孤獨的，也是不易成功的。競爭也不是不擇手段地戰勝對方，「置人於死地而後快」，例如，為競選班長而請同學吃東西；為取得老師的信任，打擊或誹謗他人等。

孩子，有競爭才有進步，但在過程中要講求正義與良知，既有敢於競爭的勇氣，也有恪守競爭道德和規則的涵養。

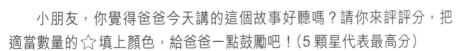

給爸爸評評分

小朋友，你覺得爸爸今天講的這個故事好聽嗎？請你來評評分，把適當數量的☆填上顏色，給爸爸一點鼓勵吧！(5顆星代表最高分)

☆☆☆☆☆

海洋音樂會

一年一度的海洋音樂會馬上就要開始了，沙巴信既興奮又緊張。在今天晚上的音樂會上，他要指揮皇家樂隊演奏他的新曲。沙巴信心想：「這次自己的才華終於可以在眾人面前展示出來了。」他甚至開始幻想，漂亮的燈光打到自己身上該有多麼神氣呀！

下午綵排時，沙巴信反覆練習着每一個細節。幕布拉開之前，樂隊隊員各就各位，隨着海螺的號聲響徹整個演奏廳，最後一個隊員——鼓手八爪魚貝尼終於到場了。但是他邊喊着「沙巴信」邊衝到沙巴信的面前，吞吞吐吐地說：「今晚，我……我不能參加表演了！」

沙巴信驚訝地看着貝尼說：「貝尼，你是在開玩笑的吧？你一定要參加表演的！」

貝尼解釋說:「我不是開玩笑,我真的不能參加了。今天下午我一直在打盹,後來竟然趴在我的腕足上睡着了,壓得我的腕足現在還是麻的!我根本就拿不穩鼓槌!」

這個突如其來的變故讓沙巴信措手不及,他想:「我的演奏需要八位鼓手,貝尼剛好有八隻腕足——每一隻腕足可以敲一面鼓。現在我該上哪兒去找這麼多鼓手來代替貝尼呢?」

正在這時,艾莉兒和她的六位姊姊游到後台來看綵排。

沙巴信靈機一動,喊道:「艾莉兒!」然後他把遇到的困難告訴了艾莉兒和她的姊姊們。他問這些可愛的小美人魚:「你們能幫忙當我的鼓手嗎?每人敲一面鼓。」

艾莉兒和她的姊姊們爽快地答應道:「當然可以了!」

沙巴信大大地鬆了一口氣說:「好吧,現在我們已經有七位鼓手了,只差一個!」

這時所有的隊員都把目光集中在沙巴信的身上。

「我？」沙巴信立刻使勁地搖頭說：「不行，不行。我是作曲人兼指揮啊！好不容易今天有機會讓我在觀眾面前露一回臉，我可不能躲在鼓手堆裏。我要站在舞台中央！」

大家都不再說話了，那麼晚上的演出怎麼辦呢？誰能當這個替補呢？

可是，你相信嗎？在音樂會上，當幕布拉開之後，聚光燈下的指揮台上站着的竟然不是沙巴信，沙巴信正在後排敲鼓呢，而且他的臉上還綻放着笑容。

艾莉兒小聲地問身邊的沙巴信：「嗨，你竟然放棄了露臉的機會。」

沙巴信揮動着他的大鉗子說：「哦，沒什麼，最重要的是讓演出更完美，而不是我站在哪裏。」沙巴信擊打出的節奏和其他樂手配合得格外完美，最後，還贏得了全場觀眾的熱烈掌聲呢。

身為作曲人兼指揮，沙巴信要在一年一度的海洋音樂會上親自指揮演奏他創作的新曲，他終於等到能在觀眾面前露一次臉的機會了。想到自己將要站在舞台中央，漂亮的燈光打在身上光彩奪目的樣子，他覺得這真是太美妙了！但當八爪魚貝尼告訴他，自己不能參加表演時，他竟然站到鼓手位置，成為一個替補。沙巴信放棄了這個展示自己的機會，連艾莉兒也感到驚訝。可是沙巴信說得好，他說：「沒什麼，最重要的是讓演出更完美，而不是我站在哪裏。」

沙巴信的行為很讓人欽佩。孩子，爸爸希望你也能像沙巴信那樣，在參加集體活動時以大局為重。因為在羣體中，每個人的力量都是可貴的，但又是有局限的，只有發揮大家的力量，團結一致，才能創造更高的價值。舉例來說，若一個班級在學校裏是模範班，某個同學在這個班級中即使排名最尾，但在大家眼中，他也是模範班的一員；若一個班級不團結，同學之間互相詆譭，對外形象不好，某個同學在這個班級中就算是最優秀的，在大家看來他也不會優秀到哪裏去。

小朋友，你覺得爸爸今天講的這個故事好聽嗎？請你來評評分，把適當數量的 ☆ 填上顏色，給爸爸一點鼓勵吧！(5 顆星代表最高分)

森林裏的賽跑

在冬天的一個早上，天氣很好，小兔桑普在樹林裏遇見了小鹿斑比。

桑普跟斑比打招呼：「早上好啊，斑比！」

斑比友好地回應道：「早上好，桑普！」

桑普提議說：「斑比，我們來一次賽跑怎麼樣？我們就從這兒開始吧。」說完，他在地上畫了一條線，「誰先跑到那棵大松樹底下，誰就贏了。」

斑比對桑普的提議不屑一顧，他高傲地說：「你跟我賽跑，這太可笑了吧？」

桑普不明白斑比說這話是什麼意思，就問：「為什麼呀？」

斑比傲氣十足地說：「我個子比你高，腿也比你長，肯定比你跑得快，這還用得着比嗎？」

桑普聽了，不服氣地說：「既然你那麼自信，為什麼還

害怕和我比賽呢？」桑普連激將法都使出來了，斑比只好說：「那好吧，比就比！」

桑普高興得跳了起來，他說：「太好了！準備好了嗎？」

斑比回答道：「準備好了！」桑普和斑比都擺好了出發的姿勢。斑比喊道：「各就各位！預備，跑！」隨即一高一矮兩隻小動物都飛快地衝了出去。

斑比的腿又長又有力，邁出的步子比桑普大多了，很快他就遙遙領先。可是別看桑普個子小，卻比斑比靈活得多。他可以毫不費力地穿過灌木叢，跳過一個又一個的樹墩。

斑比往後一瞧，只見桑普正緊緊地跟在他後面。就在這個時候，斑比被一棵倒在地上的樹擋住了去路，他縱身一躍，輕鬆地跳了過去。機靈的桑普則直接從樹下鑽了過去，超過了斑比。

看到桑普超過了自己，斑比的步子邁得更大了，速度也越來越快。不一會兒，他又超過了桑普。斑比跑着跑着，突然衝進了一處灌木叢中，結果被矮矮的灌木纏着了腿！

等他好不容易脫身，桑普已跑到他前面去，馬上就要到大松樹下了。斑比使出全身的力氣穿過叢林，躍過灌木。

接著，他們同時跑到一片被厚厚冰層覆蓋的河面上，終點就在對岸。可是，冰面很滑，斑比長長的幼腿根本站不住，更別說跑了。相反，身材矮小的桑普趴在冰面上，正一點一點地向前挪動呢。斑比只好也伏下身子小心地挪動，等他「爬」到了對岸時，桑普已經到了終點。

桑普氣喘吁吁地說：「看見了嗎？小個子不一定就跑不過大個子啊！」

斑比也上氣不接下氣地說：「看來你是對的！」

通過這場比賽，斑比明白了一個道理，以後再也不能輕視比自己弱小的對手了。

小鹿斑比覺得自己比小兔桑普腿長就一定會在賽跑中獲勝，剛開始的時候他也的確是遙遙領先了，可是，等跑到灌木叢和冰面上時，他的長腿反而成了障礙，倒是桑普靈活的小個子顯出了優勢。

孩子，爸爸要告訴你不論個子高還是個子矮、腿長腿短，都各有長處和短處。有個成語叫做「尺有所短，寸有所長」，說的就是這個意思。所以，我們要常常抱着謙虛的心，了解到自己的不足，願意不停地努力學習。如果一個人只看到自己的長處，並且認為自己的長處沒人能比，就會看不到別人的長處，很難進步了。

另外，長處和短處都是有條件的，有時候條件變了，長處就會變為短處，短處反而成為了長處。就像斑比的長腿在陸地上跑得很快，但到了冰面上就跑不過桑普了。

所以，任何時候都不要小瞧別人，誰知道什麼時候，別人的短處反而比我們的長處更有用呢。

給爸爸評評分

小朋友，你覺得爸爸今天講的這個故事好聽嗎？請你來評評分，把適當數量的☆填上顏色，給爸爸一點鼓勵吧！（5 顆星代表最高分）

田間怪事

一大清早，兔子瑞比就起牀了，今天他有很多工作要做，他要播種、澆水、修剪葡萄藤，還有很多成熟了的蔬菜要採摘呢！如果現在還不動手做的話，到了秋天就別指望有什麼收穫了。但是，現在有一個問題，瑞比的耕作工具都被鄰居們借走了，他們到現在還沒有歸還這些工具。

這時，維尼和豬仔正在袋鼠媽媽的家吃早餐。袋鼠小豆採摘了一大束野花送給媽媽，袋鼠媽媽開心極了，她準備把它們修剪一下再插到花瓶裏。在找剪刀時，袋鼠媽媽從工具箱裏翻出了從瑞比借來的大剪刀，這是上次給花園除草時向他借的。袋鼠媽媽說：「噢，不會吧！我竟然一直沒把剪刀還給瑞比。」

豬仔說：「這倒提醒我了，我早前借了瑞比的鬆土機，現在仍未還呢！維尼，你借的鐵鏟肯定也沒還給他吧？」

他們決定馬上去歸還瑞比的工具。他們來到瑞比家，瑞比卻不在。原來，瑞比正在前往他們家的路上，準備把工具收回來呢。

袋鼠媽媽說：「不如，我們幫瑞比把花園裏的工作做好吧。我們借了他的工具這麼久仍沒還，算是表示我們的歉意。」

大家都覺得這是個好主意，於是他們一起動起手來：豬仔在前面鬆土，維尼跟在後面撒種子，袋鼠媽媽把熟透了的番茄、辣椒和青瓜都摘下來，小豆就把摘好的菜都裝到籃子裏。

他們把工作做好後，發現有幾隻小鳥正盯着籃子裏的蔬菜流口水呢。維尼說：「看來瑞比的花園還需要一個稻草人！」於是他們馬上動手，不一會兒，一個稻草人就紮好了。

大家把稻草人豎立在花園的正中間，再把鐵鏟掛在稻草人身後，裝滿蔬菜的籃子則放在稻草人面前。然後，他們就躲起來想看看瑞比發現這一切的反應。豬仔興奮地說：「你們說瑞比會不會很驚喜呢？」

他們剛躲起來，瑞比就回來了。剛才他分別去了袋鼠媽媽和維尼的家，結果他們都不在，當然工具也沒拿回來，他只好垂頭喪氣地回到自己的花園。可是，他簡直不敢相信自

己的眼睛——蔬菜被摘下來，並整整齊齊地放在籃子裏，整理田間的工具也奇跡般回來了。最後他看了看那好像正在注視着他的稻草人。他結結巴巴地問稻草人：「這些都是……是……是你做的嗎？」

稻草人當然不會回答他了，瑞比百思不得其解，嘴裏不停地唸叨着：「到底是誰呢？」

悄悄躲起來的朋友們都忍不住哈哈大笑起來。雖然遲了歸還工具，但是大家幫助瑞比完成了工作，沒有給瑞比帶來麻煩。

朋友們這回記住了，借了別人的東西，一定要按時歸還。

　　朋友們借走了兔子瑞比的工具，害得瑞比沒法工作，差點耽誤收割農作物的時間了。幸好大家不僅想起了歸還瑞比的農耕工具，還幫助他完成工作。

　　你看，大家差點就給瑞比惹了大麻煩，所以，你借了別人的東西要及時歸還啊。如果別人借了你的東西忘了歸還或是弄丟了，你心裏會不會很難受？所以，借了別人的東西之後要特別注意下面兩點：

　　第一，要遵守承諾，按時歸還。如果因為自己忘記歸還東西而耽誤了別人做事，也一定要想辦法彌補。

　　第二，要非常愛惜從別人借來的東西，因為這些東西可能是別人非常喜歡的，或者對別人有着重要的意義。不要把借來的東西和自己的東西混在一起放，要把別人的東西放在容易看見的地方，提醒自己要記得歸還。歸還的時候還要對別人說什麼呢？答對了，一定要說：謝謝。

　　孩子，明天跟爸爸一起整理一下你的玩具吧，看看有沒有玩具是從其他小朋友借來的，它們是不是已經過了歸還期限呢？

✏ 給爸爸評評分

　　小朋友，你覺得爸爸今天講的這個故事好聽嗎？請你來評評分，把適當數量的☆填上顏色，給爸爸一點鼓勵吧！(5 顆星代表最高分)

誰被卡住了

　　這一天，灰姑娘像往常一樣認真地打掃房間。突然，她聽見了一陣尖銳刺耳的呼救聲。

　　原來是她的姊姊狄茜在大叫：「灰姑娘！來幫幫我！」

　　安蒂也在歇斯底里地呼喊着：「快點兒！」

　　灰姑娘趕快放下手中的掃帚，朝聲音發出的方向跑去。她一邊跑一邊急切地問：「發生什麼事了？」

　　她的姊姊安蒂用幾乎變了腔調的聲音說：「我們被卡住了！快來幫幫我們。」

　　灰姑娘匆匆來到客廳，眼前的景象讓她不禁笑出了聲。原來，繼母的兩個女兒搶着要先離開房間，去享用下午茶，結果她們倆誰也不肯讓對方，同時出門的時候便一起卡在門框。只見她們的身軀緊緊地擠在一起，臉都擠變形了。

　　她們一邊命令灰姑娘快點兒把她們弄出來，一邊互相埋怨咒罵。

　　灰姑娘又拖又拉，費了半天的工夫才把她們兩個弄了出來。

　　可是兩個姊姊一句感謝的話也沒說，還責怪灰姑娘剛才弄痛了她們。灰姑娘並不介意，拾起掃帚繼續掃地去了。

　　這時廚房裏突然傳來一陣叫聲：「喵嗚！」

　　灰姑娘想：「又發生什麼事了？」她快步走到廚房，發現肥貓魯斯福正在扯着脖子叫着，身上的毛都豎了起來。她關切地問：「魯斯福，你怎麼了？」說着她跑到那隻體形碩大的肥貓身邊。

　　灰姑娘笑着說：「哈，你也把自己卡住了！」原來，魯斯福把爪子伸進老鼠洞，卻怎麼也拔不出來。灰姑娘笑着幫牠把爪子拉了出來。可是，魯斯福就像灰姑娘的那兩個沒有禮貌的姊姊一樣，傲慢地看了灰姑娘一眼，然後神氣地走開了。

　　灰姑娘歎了口氣說：「真是一隻傲慢的貓！」不過，此時她更關心的是老鼠洞裏的主人怎麼樣了。

　　她趴在洞口邊上輕聲說：「你們還好嗎？魯斯福已經離開了。」

　　不一會兒，小老鼠們一邊張望着一邊躡手躡腳地從洞裏

走出來。

　　灰姑娘連忙安慰這些驚魂未定的小老鼠們，她溫柔地說：「貓咪剛才肯定把你們嚇壞了，對嗎？你們這些可憐的小傢伙，總是被魯斯福欺負。不用再害怕了，牠已經回繼母的房間去了。」

　　可是，小老鼠們卻抱怨灰姑娘剛才不應該解救她的兩個姊姊和那隻壞貓，因為他們平時對灰姑娘一點兒也不好。

　　灰姑娘卻溫柔地對他們說：「雖然姊姊們對我很兇，但我實在不忍心看到她們遭受麻煩。還有魯斯福，雖然牠不喜歡我，但我也不能見死不救。所以，在我幫助他們的時候，就不要去計較以前的事，也不指望他們會感恩、報答我。只要我付出了愛心，我就會得到一份快樂。你們知道嗎？愛就是讓人快樂的魔法啊！」

　　小老鼠們聽後點了點頭，他們知道，心地善良的灰姑娘對每一個人都那麼好，因為她相信愛能改變一切。

　　灰姑娘的兩個姊姊常常欺負灰姑娘，魯斯福也常常欺負小老鼠們，但是當他們遇到麻煩時，灰姑娘還是好心地幫助了他們。雖然他們並沒有感謝灰姑娘，但是，因為幫助了別人，灰姑娘自己得到了很多快樂。

　　孩子，爸爸希望你能像灰姑娘一樣，常常付出自己的愛心，關愛他人。例如懂得與人分享，把好吃的分一些給別人吃，好玩的跟大家一起玩；還有，在別的小朋友生病時慰問他，別人痛苦時要給予安慰，別人休息時不去打擾，別人收拾乾淨的房間不去弄亂，珍惜和欣賞別人付出努力後所得的成果。

　　「愛」是讓人快樂的魔法，幫助別人，自己也會感到幸福。而更神奇的是，愛是可以傳染的，看，小老鼠們原本也抱怨灰姑娘解救了對她不好的兩個姊姊和那隻壞貓，但聽了灰姑娘的解釋後，他們也認同愛比怨好太多了。

　　爸爸還想讓你記住：當你給予別人幫助的時候，不要計較得失與回報，否則自己會變得不快樂。

給爸爸評評分

　　小朋友，你覺得爸爸今天講的這個故事好聽嗎？請你來評評分，把適當數量的☆填上顏色，給爸爸一點鼓勵吧！（5顆星代表最高分）

溫馨寄語

　　從小培養孩子的德行，除了能讓他們成為謙和有禮、懂得體諒別人的人外，也讓他們學會如何待人接物，有助提升社交能力。

第三章

培養堅強內心

毛毛的萬聖節

　　自從人類小孩阿 Boo 來到怪獸公司後，毛毛和她成了好朋友，最後，還要他和大眼仔費了很大的勁才把她送回人類世界。

　　這一天是人類的萬聖節，怪獸公司從來都沒有什麼萬聖節，但毛毛知道，人類世界的小孩子都很喜歡這個節日，所以他打算去看看阿 Boo，祝她萬聖節快樂。

　　毛毛來到阿 Boo 門前，小聲叫着：「阿 Boo，你在哪裏啊？快出來吧，我來跟你一起過萬聖節了！阿 Boo？」

　　沒有人回應。

　　毛毛輕手輕腳地走進阿 Boo 的房間，他看到那個熟悉的風鈴還掛在原處，玩具和圖畫書都整整齊齊地放在書架上，牀也鋪得好好的，只是不見他的人類好朋友的蹤影。

　　毛毛很失望地說：「唉，算了，大概你今晚不在家。」他忍不住打了個呵欠，今天已經工作了一整天，都快累壞了。他自言自語道：「我就在這裏等她回來吧。」他剛在阿 Boo 的牀邊坐下，眼皮就耷拉下來。「呼嚕呼嚕……」不一會兒，毛毛就睡着了。

　　迷迷糊糊中，毛毛感覺到一陣微風輕輕吹拂着他，還有

人在撓他的腳！他嘟噥着説：「別玩了，大眼仔，離上班時間還早呢，讓我再睡一會兒，我——啊呀呀呀呀呀！」

他睜開眼睛，沒看到大眼仔那熟悉的圓滾滾的綠色身子；相反，他看到——毛毛嚇得大聲尖叫着：「鬼啊！」轉身跳下牀，沒命似的往門口跑。

原來他看到一隻可怕的妖怪在牀邊站着，正虎視眈眈地盯着他呢！他嚇得直喊：「天哪，不要過來，鬼啊！」

沒想到那隻「鬼」竟然咯咯地笑起來。她語調輕快地説：「貓貓。」

毛毛停下了腳步，問：「嗯，你説什麼？」要知道，只有可愛的阿Boo才會這麼叫他。

那隻「鬼」又叫了他一聲「貓貓」，然後把頭上的面罩往後一扯。

一看清楚那張臉，毛毛就笑了，他突然覺得自己真是個大傻瓜，只顧害怕，把什麼都忘得一乾二淨了：每到萬聖節，人類的孩子就會把自己打扮成各種恐怖的樣子來互相嚇唬。看來這次被嚇倒的是他這個笨蛋了！

他興奮地大叫着：「阿 Boo！」朝這個好朋友撲過去，緊緊地抱住她說：「原來是你啊！萬聖節快樂！」

5分鐘好爸爸課堂

　　這個世界上根本就沒有鬼怪，有時自己害怕的東西都是自己想像出來的。爸爸告訴你一個小秘密：爸爸小時候也害怕鬼，晚上不敢一個人待在房間裏，總怕鬼怪從背後偷襲我。後來我學會了當我懷疑背後有鬼時，就停下來，轉過身，大喝一聲，結果發現背後什麼都沒有。幾次之後，我就不相信有鬼，也不會害怕鬼了。

　　孩子，當你感覺害怕時可以這樣做：

　　首先告訴自己要冷靜，不要驚慌。你可以做幾次深呼吸，然後捏捏小拳頭，打開燈，用光照亮令你覺得害怕的那個地方，然後你再慢慢地走近讓自己害怕的東西，仔細地看看它到底是什麼。如果實在不敢靠近，不妨找爸爸媽媽來幫忙，因為「害怕」這個小調皮常常蒙住你的眼睛，讓你看不清楚，它才可以故意讓你感到恐懼。

　　爸爸每天晚上跟你玩一次「黑夜找一找」的遊戲吧！每天晚上，關上燈，我們比賽尋找房間的一件東西，這樣可以增加你觸摸、感受黑暗中物件的機會，適應與黑暗自然共處。

給爸爸評評分

　　小朋友，你覺得爸爸今天講的這個故事好聽嗎？請你來評評分，把適當數量的☆填上顏色，給爸爸一點鼓勵吧！（5顆星代表最高分）

誰是膽小鬼？

　　小獅子辛巴頑皮貪玩，總是想證明自己很勇敢。早前，他和好朋友娜娜偷偷跑到大象墓地去探險，結果被叔叔刀疤的手下土狼包圍，幸得爸爸木法沙及時趕來救了他們。

　　這天早上，辛巴又跑來找娜娜了。他帶着娜娜來到山崖邊一片幽暗的草地上。

　　娜娜想起上次的險境，還有些害怕，她問辛巴：「你到底想玩什麼遊戲？」

　　辛巴神秘地回答道：「我想看看你是不是膽小鬼。」

　　聽辛巴這麼一說，娜娜不服氣地吼了起來：「誰是膽小鬼？我可是什麼都不怕的！」

　　辛巴不相信娜娜的話，他懷疑地問：「真的嗎？我沒被那羣土狼嚇着。就算遇到十隻土狼，我也不會害怕！」

　　娜娜不想輸給辛巴。她驕傲地說：「就算遇到二十隻土狼，再來一頭發怒的水牛，我都不害怕！」

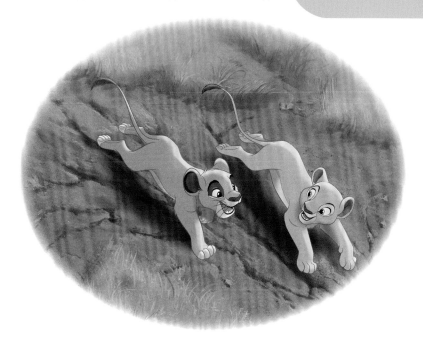

辛巴也開始加倍地吹嘘：「是嗎？來三十隻土狼、一頭發怒的水牛，再來一頭……」

還沒等辛巴說完，旁邊黑暗處有一把聲音接着說道：「憤怒的水牛？」

辛巴和娜娜「啊！」的一聲，被這把突如其來的聲音嚇得跳了起來。

這時，一隻鳥兒從黑暗處飛出來，原來是木法沙的得力助手沙祖。辛巴見狀生氣地大聲說：「沙祖！你把我們嚇壞了！你怎麼……」

娜娜打斷了辛巴的話，輕蔑地說：「我可沒被嚇着。」

聽她這麼一說，辛巴趕緊改口道：「其實我也沒被嚇着。」他生怕娜娜取笑他。

沙祖盯着兩個小傢伙，挖苦地問：「你們真的沒被嚇着？那剛才是誰在大叫啊？」

娜娜嘟嚷着說：「我們只是吃了一驚而已。」

沙祖嚴肅地對辛巴和娜娜說：「你們聽着，承認自己害怕並不是丟臉的事。上次木法沙找不到你們，就是非常擔心又害怕呢。連英明的獅子王木法沙都認為承認害怕並不丟臉，你們兩個小傢伙有什麼難為情的？」

辛巴聽完，羞怯地說：「你說得對。」

沙祖接着說：「我們都會有害怕的時候，是不是真的勇敢，關鍵是要看你們怎樣對待那些讓你們害怕的事情，知道嗎？」

辛巴和娜娜異口同聲地答道：「知道了！」

沙祖張開翅膀向山崖飛去，他催促小獅子們道：「很好。現在，我們要以最快的速度趕回家……否則，我會讓你們知道什麼事情才是最可怕！」

5分鐘好爸爸課堂

孩子，你一定覺得爸爸是個無所畏懼的人吧，其實不是。我在你這麼大的時候不敢一個人呆在黑暗的地方，我看到毛茸茸的蟲子會起疙瘩，我甚至很害怕打雷。

有一天夜裏，震耳的雷聲把我從睡夢中驚醒，那時候我真的十分害怕。當時你的祖父過來抱住我說：「很多人都害怕打雷，這不是膽小不勇敢，而是雷聲突然響起時大家都沒有心理準備，於是覺得特別嚇人。其實打雷前會先看到閃電，這樣我們就有心理準備了。」那天夜裏，我們看着窗外每一次劃破夜空的閃電，然後一起數「一、二、三」，接下來響起的轟隆隆的雷聲，就不再令我覺得害怕了。

孩子，害怕並不丟人，也不是不勇敢，就算是最強壯、最有本領的人也會有害怕的時候。如果我們能知道害怕的原因，並找到排解害怕的辦法，我們就能成為最勇敢的人。

如果你的朋友嘲笑你膽小，你可以這樣對他說：「再勇敢的人都有害怕的時候，只要努力想辦法，一定可以克服恐懼的。」

孩子，今天我最想告訴你的是：不要為了表現勇敢，而不敢承認害怕！

給爸爸評評分

小朋友，你覺得爸爸今天講的這個故事好聽嗎？請你來評評分，把適當數量的 ☆ 填上顏色，給爸爸一點鼓勵吧！(5 顆星代表最高分)

☆ ☆ ☆ ☆ ☆

像蝴蝶一樣飛翔

　　小象大寶的大耳朵總是受到別人的嘲笑，但是小老鼠提摩太並不認為他的大耳朵有什麼不好，相反，他覺得大寶的大耳朵很有趣。

　　一天，提摩太發現大寶又在因為他的大耳朵而傷心了。他想找個方法讓自己的好朋友開心起來。這時，他突然看到一樣東西。於是他一邊歡叫着，一邊飛快地跑到柵欄邊。那裏有一個大大的繭從柵欄上垂了下來。提摩太興奮地喊道：「快看，大寶！這是蝴蝶的繭！」大寶也跟着跑了過來。

　　提摩太又喊道：「看，一隻蝴蝶就要從裏面出來啦！」

　　他看了看繭，突然好像想到了什麼，認真地對大寶說：「你知道嗎？你就像這個繭裏的毛毛蟲。」

　　大寶納悶地看着提摩太，不明白他在說什麼。

　　提摩太又解釋道：「沒錯！你知道嗎？大家都不喜歡毛毛蟲，他們覺得毛毛蟲

長得不好看。可是，當毛毛蟲變成蝴蝶時，所有人都喜愛牠了。我覺得你也是這樣，雖然現在大家都不喜歡你，可是總有一天人們會愛上你的。等你長大了，就不會再有人嘲笑你了，每個人都會尊敬你，喜歡你。」

大寶聽完這些話，感激地看着他的好朋友，擦去了落在長鼻子上的眼淚。

這時突然下起雨來，提摩太擔心地叫了起來：「噢，不！蝴蝶的新翅膀如果被淋濕了，牠們就再也飛不起來了。我們該怎麼辦？」突然，他想起了什麼，說：「對了，要找把雨傘！」

提摩太開始手忙腳亂地到處找雨傘，大寶微笑着展開他的大耳朵，把耳朵蓋在柵欄上，就像為繭搭起了一個可愛的小房頂。這樣，蝴蝶爬出來的時候，雨水就不會淋濕牠的翅膀了。

提摩太佩服地看着大寶說：「多好的主意啊！」

雨下得很大，可是兩個好朋友一直站在雨中。他們看見一隻蝴蝶從繭裏面慢慢地爬出來，展開了牠美麗的彩色翅膀。

幸好有大寶在，蝴蝶的翅膀才沒有被雨水淋濕。過了一會兒，雨停了，蝴蝶拍動着翅膀在空中飛舞，漸漸地飛遠了。

望着遠去的蝴蝶，提摩太認真地對大寶說：「我親愛的朋友，你知道嗎？我覺得總有一天，你會成功的。你會像那隻蝴蝶一樣，快樂地、無憂無慮地在天空飛翔。當然，我不是說真的飛起來，那是不可能的。哈，想想看，一隻小飛象！」

提摩太不會想到，這樣異想天開的一句話，有一天會變成現實。

5分鐘好爸爸課堂

　　小象大寶常常被別人的嘲諷所困擾，因而為自己的大耳朵而自卑。可是小老鼠提摩太一直看好他，相信總有一天大寶會破繭成蝶，獲得成功，提摩太甚至給大寶起了個很有趣的名字——小飛象！提摩太自己也沒想到，一句鼓勵的話最終成為了現實。

　　孩子，我們在公園裏見過很多色彩鮮豔的蝴蝶。人人都誇蝴蝶美麗，可是你一定想不到，牠在成為蝴蝶之前就是一隻不好看的毛毛蟲；蝴蝶飛起來那麼輕盈，可是在牠飛向天空之前，牠必須穿破厚厚纏裹的繭絲，才能伸展開自己的翅膀。

　　其實，每個人都會有不如意的經歷，就像被「繭」包住了；但更多的人，不甘心做一輩子毛毛蟲，他們相信自己有能力穿破那個「繭」，成為一隻破繭而出的美麗的蝴蝶。

　　孩子，一個人破繭成蝶、獲得成功的過程可能會很漫長，很艱難，甚至會是痛苦的。這期間，有人會因為遭到嘲諷而放棄，也有人會因為屢屢受挫而氣餒。而夢想的實現、最後的成功，靠的是自信、樂觀、堅持、努力！所以今後不管你遇到什麼逆境，都不要輕言放棄，要堅信自己的能力。如果你做到了，你就會成功！

給爸爸評評分

　　小朋友，你覺得爸爸今天講的這個故事好聽嗎？請你來評評分，把適當數量的☆填上顏色，給爸爸一點鼓勵吧！（5顆星代表最高分）

☆☆☆☆☆

第一屆迎新舞會

今天是十二月二十六日，是拆禮物日！一大清早，安仔就迫不及待地要去拆他的聖誕禮物。他不知道，此刻在他的房間裏，玩具們正緊張得不得了。

埋伏在聖誕樹下的綠色士兵隊長沙吉，透過無線電向樓上的玩具們報告：「安仔正向聖誕樹走過去。」

對於安仔的玩具們來說，拆禮物日的早上是一個很可怕的時刻，因為他們擔心如果有更好玩的新玩具，安仔就會不喜歡自己了。

抱抱龍不安地說：「希望是一部新的電子遊戲機！」

巴斯光年說：「只要不是個太空人就好了！」

沙吉又有最新報告，可還沒等他說完，胡迪就關上了通話器。

豬仔錢箱火腿叫道：「你在做什麼呀？」

巴斯光年也不安地對他說：「胡迪，我們需要多聽情報，知己知彼，才能更好地對付我們的新敵人！」

然而，胡迪抬起手示意大家安靜，他說：「朋友們，先安靜一下！讓我們回憶一下第一次見到安仔時的情形。那時，我們有什麼感覺？」

彈弓狗驕傲地說：「我是他親手從貨架上挑選的！」

抱抱龍微笑着說：「我是一件生日禮物。那時，我身上還綁着一個蝴蝶結呢！」

其他玩具也七嘴八舌地說着他們剛到來時的情形。

胡迪打斷大家的話：「那時的感覺很好，對不對？而現在，我們已經是一個團隊了。」

巴斯光年點點頭說：「是啊，我們應該團結起來，一起對付新敵人。」

胡迪搖搖頭說：「不，巴斯光年，我不是這個意思。這些新玩具不是我們的新敵人，而是我們的新朋友！」

巴斯光年有點猶豫地問：「你的意思是……我們可以和平共處？」

胡迪堅定地大聲說：「沒錯！我們與其坐在這裏自尋煩惱，倒不如準備舉辦一個歡迎會歡迎新朋友。」

彈弓狗贊成說：「好主意！」

牧羊女寶貝說：「哦，胡迪，這主意太好了！你真厲害！」

胡迪的臉紅了。他再次打開了通話器，說：「沙吉，請注意，現在宣布新命令！你馬上停止監視行動，然後集合全體士兵回到安仔的房間。我們準備舉辦第一屆迎新舞會，歡迎新來的朋友！」

現在好了，在安仔的房間裏，玩具們製造出來的緊張氣氛一掃而光。大家都開始忙碌起來，準備給新來的玩具一個驚喜呢！

5分鐘好爸爸課堂

每逢到拆禮物日，玩具們都會很擔心，害怕新玩具的到來會奪走安仔對自己的寵愛。孩子，你是爸爸媽媽心目中的寶貝，無論發生什麼事，你都是我們的最愛，所以你不必有玩具們的擔心。

不過在我們每個人的生命裏，都會不斷出現「新人」。「新人」可能是你每年升班的時候遇到的新同學、在我們親戚之中有人添了小寶寶，甚至是你的好朋友認識了新朋友，那位新朋友是你從未見過的……「新人」的出現，可能會令你擔心失去別人對你的關注。

孩子，愛是很奇妙的，不會因為分出去而變少，反而會越來越多。所以，遇上新同學時，主動伸出你的友誼之手，你可以交上許多好朋友；親戚家有新成員時，你可以試試和比你更小的小朋友相處，學習成為大哥哥大姊姊；你的好朋友認識新朋友，你要替他高興，因為有多一個人關心你的好朋友，而且你們幾個可能志趣相投，你也會多了一個新朋友呢。

孩子，你要相信自己是值得被愛的，不必因為新人的出現而感到彷徨啊！

給爸爸評評分

小朋友，你覺得爸爸今天講的這個故事好聽嗎？請你來評評分，把適當數量的 ☆ 填上顏色，給爸爸一點鼓勵吧！（5 顆星代表最高分）

☆ ☆ ☆ ☆ ☆

快快長大吧

　　在斑比心裏，一直有個願望，那就是快快長大，因為他想好好保護媽媽。

　　這天，當斑比和桑普正在玩耍時，一支公鹿隊伍浩浩蕩蕩地走了過來。看着他們，斑比羨慕地説：「真希望我也能成為一隻健壯的公鹿。」

桑普問斑比：「嗯，那你知道該怎麼做嗎？」

斑比急切地想知道有什麼好方法，就問桑普：「我該怎麼做？」

桑普說：「我爸爸告訴我，『如果你想跳得很高，那你就得經常練習跳躍！』」

斑比問桑普：「你的意思是說，我必須每天都練習跳躍嗎？」

桑普解釋道：「當然不是啦！如果你想成為一隻健壯的公鹿，就應該朝着這目標，不斷練習相關的能力！」

這時，鹿羣裏有兩隻鹿突然互相向對方跑去，他們用鹿角頂着鹿角，看上去是那麼勇猛有力。斑比很想成為那樣的一隻公鹿！

於是，斑比說：「好吧。」他接受了桑普的建議。

桑普說：「嗯，跟我來。」他帶着斑比來到草地邊一棵大橡樹前。桑普說：「把頭低下！對着橡樹直衝過去！」

斑比真的對着橡樹衝了過去！快要撞到樹幹時，一把聲音突然響起：「站住！」

斑比急急止步，在離橡樹只有幾厘米遠的地方停住了。桑普和斑比同時抬起了頭，他們的朋友貓頭鷹正在樹上瞪大雙眼望着他們呢。

貓頭鷹不解地問：「斑比，你為什麼要撞我的樹呀？」

斑比解釋說：「我正在練習成為一隻強壯的公鹿啊。公鹿們總是頭抵著頭，來顯示他們的力量。」

貓頭鷹笑了起來，他說：「親愛的小斑比，公鹿有鹿角保護他們的頭呀！你想成為一隻強壯的公鹿，可不是僅僅通過練習就能做到的呀！你要耐心地等待長大，才能實現你的願望。」

斑比睜大眼睛問貓頭鷹：「真是這樣嗎？」

貓頭鷹安慰斑比說：「當然了！你等著吧，等到明年夏天，你肯定比現在高大得多，強壯得多。而且，你會長出鹿角來。不過，我希望到時候你不要用角來撞一棵老橡樹！」

斑比肯定地回答說：「不會的！」這會兒，他安心多了。

貓頭鷹又說：「你們兩個小傢伙，不用那麼急著長大，長大的那一天會到來的！」

斑比和桑普異口同聲地說：「知道了！」於是，兩個好朋友又開開心心地回到草地上去玩耍，享受他們無憂無慮的童年。

5分鐘好爸爸課堂

　　小鹿斑比太想快些長大了！但是他用頭撞樹的鍛煉方法太危險了，是會受傷的。

　　每個人小時候都曾經盼望快點長大，可是每件事物的發展都是循序漸進的，如果違背了客觀規律不僅無益，反而有害。還記得那個「揠苗助長」的故事嗎？宋國有個農夫，嫌自己稻田裏的稻苗長得太慢，就把每棵稻苗都拔高了一大截，結果稻苗全都枯死了。

　　長大並不單單是身體變得高大強壯，而是內心也要變得堅強、勇敢，甚至更懂得如何關愛別人，以至關愛整個世界。爸爸這樣說，你是不是覺得，怎麼長大這樣麻煩？孩子，別心急，成長之路雖然漫長，但沿路也很好玩，有很多新東西等着你嘗試。過程中，你會經歷成功、失敗；會有開懷大笑的時候，也會有沮喪難過的時候。這是成長的必經之路，爸爸媽媽，你的祖父祖母外公外婆，都是這樣走過來的。

　　孩子，爸爸希望你能在不同的階段學習到不一樣的東西和本領，一步一步地成長，這樣的生命才會豐盛。

給爸爸評評分

　　小朋友，你覺得爸爸今天講的這個故事好聽嗎？請你來評評分，把適當數量的☆填上顏色，給爸爸一點鼓勵吧！(5顆星代表最高分)

我們都很想念家

日子一天一天地過去，MO仔被帶到魚缸也有一段日子了。

雖然魚缸裏的朋友對MO仔都很友好，但他還是很想念爸爸，想念大海，想念學校裏的朋友們，他多麼希望能夠回到大海呀！可是，他能從這裏成功逃脫嗎？好像希望不大……

雞泡魚豚豚朝他游過來說：「嘿，孩子，你還好吧？你的臉色看起來不太好呀。」

吸在魚缸玻璃上的海星小桃對豚豚說：「他就是有點兒心煩，這很正常。」她向MO仔温柔地笑了笑，安慰道：「好啦，小朋友，我們都能理解你的感受。」

MO仔一點兒也不相信小桃的話，他消沉地說：「你們根本就不理解我。你們又沒有被人從大海裏抓走，離開你們的爸爸。」

一條名叫咯咯的魚說：「可是，我們也和家人分開了呀，我們也很想念他們。」

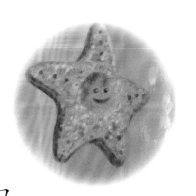

　　MO仔驚訝地睜大眼睛問：「真的嗎？」他以前從沒聽過別的小魚的故事。

　　小桃說道：「當然啦！我是被一個人從網絡上賣到這裏來的，在他家裏還有好多海星呢。」她難過地歎了一口氣說：「我是多麼想知道我的兄弟姊妹們現在在哪裏呀！如果能再見他們一面，哪怕是少兩三條腕足也行。」

　　另一條小魚點了點頭，也說道：「我理解你的心情。我是在一個車房裏出生的，我和我的兄弟姊妹們全都被賣到了魚市場。我剛和那裏的魚交上朋友，就被他買到這裏來了。」說着，他搖動魚鰭，指了指魚缸外正在工作中的牙醫。小魚接着說：「不過還好，我又有了你們這些好朋友！」

　　魚兒漂漂點了點頭說：「我倒是很幸運，他連我妹妹一起買了。對吧，亮亮？」說着，她朝魚缸玻璃上自己的影像溫柔地笑了笑。

　　漂漂總把自己映在魚缸壁上的影像當成自己的妹妹，叫她亮亮。影像沒有回答她，漂漂聳了聳肩膀解釋道：「亮亮不太愛說話，但是看她對我笑我就知道，她也覺得我們很幸運。不過，雖然我們兩個在一起，但我還是很想念其他家人。」

　　看到這麼多朋友都有和家人分開的悲慘遭遇，MO仔感到很難過，可是他再也不覺得自己孤單了，至少他的朋友們都理

解他想念爸爸的心情。

他對這些魚缸裏的新朋友們説：「謝謝你們給我的安慰。我希望人類能夠明白，魚缸不是小魚應該待的地方，我們的家應該在大海，或者河流裏。不是嗎？」

此時，MO仔比以前更堅定了，他下定決心：不管多困難，他一定要從魚缸裏逃出去，回家跟爸爸團聚。

106

MO仔和爸爸分開了，他很難過，後來聽了魚缸裏其他魚的故事，MO仔才知道大家都有與家人分離的經歷，他覺得自己不再孤單了。

每個孩子在成長的過程中都會碰到令人難過悲傷的事情，比如被老師誤解了、自己參演的演出被取消了、新的玩具被小朋友搶走了……當這些不開心的事情降臨到我們身上時，我們該如何化解悲傷呢？

第一，保持樂觀的心態，看到每件事情背後好的一面。比如被老師誤解了，你可以向老師解釋，這樣就可以鍛煉你的表達能力；演出機會被取消了，正好給你更多練習的時間；新的玩具被小朋友搶走了，給你提供了一個學習處理衝突的機會……要從每一次令人不愉快的事情中學習並有所收穫，把壞事變成好事。

第二，要學會傾訴。你可以把你的悲傷告訴你最信任的人，例如爸爸、媽媽、老師或者你最好的朋友，傾訴會讓你的心情好起來。

第三，找到疏導情緒壓力的辦法。當你傷心的時候，可以試着做一些你願意做的事情來分散注意力，比如聽聽歌、看看電視、跳跳舞、唱唱歌等。

給爸爸評評分

小朋友，你覺得爸爸今天講的這個故事好聽嗎？請你來評評分，把適當數量的☆填上顏色，給爸爸一點鼓勵吧！(5顆星代表最高分)

☆☆☆☆☆

最特別的外星人

今天，安仔又將會得到一件新玩具，因為媽媽要帶他去遊戲中心挑選一個外星人玩具。

遊戲中心的夾公仔機裏，綠色的三眼仔們在低聲議論着：「看，有一個男孩子正走過來。今天誰最幸運，可以離開這裏呢？」他們一直盼望着有一天能被一個喜歡玩具的孩子夾走。

遊戲中心的老闆在夾公仔機裏放進很多的外星人玩具，好讓安仔從中好好地挑選一番。安仔只要控制操縱桿，把它伸向玩具們的上面就能從他們中抓起一個。

夾公仔機裏的外星人對新來的玩具們熱情地說：「歡迎大家，歡迎大家來到『夾夾樂園』。」

突然，其中一個三眼仔玩具指着一個新來的外星人玩具尖叫起來：「快看！他長得和我們不一樣！」所有三眼仔都順着他指的方向看過去，然後一起發出了驚呼聲，那個新來的玩具圓圓的腦袋上只有兩隻眼睛！

其中一個三眼仔警惕地問他：「究竟是怎麼一回事？你為什麼長得和我們不一樣？」

新來的兩眼外星人玩具不安地回答：「我……我不知道，我一直就是這樣。剛才外面有人說我是……我是……」他覺得十分羞愧，聲音越來越小。

另一個新來的三眼仔大聲說道：「我聽到了，剛才有人說他是一個倉底貨。」所有的三眼仔都刻意遠離那個少了一隻眼睛的同伴，並開始小聲地議論起來。

這時，夾公仔機上方傳來了一陣巨大的聲響——是挑選玩具的機械手在移動。玩具們七嘴八舌地說：「是機械手！它要下來了！」每個人都希望機械手能抓住自己。機械手越來越近，最後抓住了其中一個。

所有的玩具都歡呼起來：「機械手選中一個了！」他們為這個被選中的同伴感到高興。

這時，一個小男孩的聲音從他們頭頂上方傳過來：「真

是太好了！我夾到了一個最好的！」

　　機械手開始慢慢向上升。突然，玩具們都驚訝地叫了起來，原來被選中的就是那個只有兩隻眼睛的外星人玩具。

　　其中一個三眼仔大聲地說：「那個孩子選中了他！沒有管他是不是倉底貨！」

　　另一個三眼仔說：「因為那個男孩子知道他是最特別的。」

　　還有另一個三眼仔說：「真讓我們羨慕，我想，我們不應該看不起和我們不一樣的朋友。」

　　其他三眼仔補充道：「沒錯！從現在開始，我們應該熱烈地歡迎每一個新來的朋友，不管他和我們有什麼不一樣。」

5分鐘好爸爸課堂

一羣綠色三眼仔突然看到有一個外星人玩具只有兩隻眼睛，後來更有人說他是個倉底貨，兩隻眼睛的外星人自己也感到十分羞愧。可是出人意料的是，安仔偏偏就選了這個「倉底貨」，還認為他是最好的。原來與別不同並不代表不夠好啊！

孩子，以後你總會遇到很多和你不一樣的人，你也可能會成為別人眼中的另類，所以你首先要對自己有信心，並要懂得愛自己。只有自尊自愛的人，才能獲得別人的尊重。此外，要學會接受別人身上的那些「不一樣」，學會包容。包容是獲得他人尊重的必要心態，是使世界的大門向你敞開的神奇力量。

你身邊的人有沒有對你持有偏見，讓你很難受？如果有，爸爸首先要讓你明白，他們這樣做是錯誤的，你可以這樣對他們說：「別這麼說我，因為你們根本就不了解我。」如果這樣做還不能制止他們，你就要尋求爸爸媽媽或老師的幫助。

孩子，你平時有沒有看不慣其他的小朋友，試過嘲笑或排斥他呢？如果你曾經這樣做過，爸爸嚴肅地要求你今後別再做這樣的事情了，因為這種行為會深深地傷害到別人。你還要去跟對方道歉，爭取對方的原諒。

給爸爸評評分

小朋友，你覺得爸爸今天講的這個故事好聽嗎？請你來評評分，把適當數量的 ☆ 填上顏色，給爸爸一點鼓勵吧！（5 顆星代表最高分）

☆ ☆ ☆ ☆ ☆

丁滿、彭彭相遇記

夏天的午後，天氣異常悶熱，太陽像個巨大的火球，烤得大地也快冒煙了。辛巴和丁滿、彭彭躺在樹蔭下，一動也不想動。

辛巴突然提議道：「丁滿，給我說個有意思的故事吧！我覺得很奇怪，你和彭彭，一個是貓鼬，一個是疣豬，最初你們是怎樣走在一起並成為好朋友的？」

於是貓鼬丁滿開始訴說起來：「在很遠很遠的地方，有一個小小的貓鼬村……」

疣豬彭彭打斷了他：「不是這樣的，你弄錯了，是在很遠很遠的地方，有一間疣豬小酒館……」

丁滿不滿地對彭彭說：「要是我沒聽錯的話，辛巴是讓我來說這件事的。我是從我——丁滿的角度說的。」

彭彭生氣地說：「好吧好吧，你口才好，你來說。」

於是丁滿繼續說下去：「在那個小貓鼬村裏，幾乎所有

的貓鼬整天都在挖呀挖，他們理所當然地認為這就是貓鼬的生活。但有一隻貓鼬和他們的想法不一樣，因此他顯得很不合羣。」丁滿停了一下，顯然他沉浸在自己的回憶當中，然後繼續講述他的故事：「我就是那隻不合羣的貓鼬。我厭倦單調乏味的生活，我渴望看到更廣闊的世界，與更多的動物交朋友。於是，我離開小村莊去找一個真正適合我的地方。我走啊，走啊，後來……」

彭彭插了一句：「就遇到我了！」

丁滿不滿地瞪了他一眼，繼續說道：「我聽見灌木叢裏發出奇怪的沙沙聲，當時我很害怕，那會是什麼呢？土狼？獅子？最後，我終於戰勝恐懼睜開了眼睛，發現面前出現了一頭又大又醜的疣豬！」

這時彭彭生氣地「哼！」了一聲，他並不認為自己長得像丁滿描述的那樣又大又醜。

丁滿接着說：「很快，我就發現我們有很多相同之處，比如，我們都喜歡吃蟲子，我們都在尋找一個真正屬於自己的家……所以我們就一起結伴出發了。一路上碰到很多糟糕的事情——飢餓的土狼啦、狂奔的野牛羣啦……

這麼説吧，凡是你能想像得到的，我們都經歷過。幸運的是，我們終於找到了理想的家。再後來，我們就遇到了你——辛巴！」

辛巴打着呵欠説：「這故事真不錯。」可他心裏想：「只是有點長。」

事情還沒完呢。聽到丁滿説完了，彭彭清了清喉嚨，説：「其實，故事是這樣開始的。在很遠很遠的地方，有一間疣豬小酒館……」

彭彭又開始從自己的角度説他和丁滿的故事了。

5分鐘好爸爸課堂

丁滿和彭彭真勇敢。他們原本生活在一個安定的小天地裏，可是他們都有着與別不同的眼光和心願，渴望到大世界裏遊歷一番。雖然丁滿沒有仔細說他在小貓鼬村裏的生活，但是我們不難想像得到，別的小貓鼬應該會覺得丁滿的想法太奇怪，太異想天開。幸好，丁滿始終堅守自己的夢想，決心往外闖，才能遇到好朋友彭彭和很多有趣刺激的事情。

外面的世界充滿着許多意想不到的危險。有時候，我們遇上一道難關後，往往便會害怕退縮，但丁滿堅持下來，終於過上自己喜歡的生活。丁滿堅定不移的信念和追求夢想的勇氣，真是令人佩服！

孩子，爸爸小時候也像他們一樣，希望自由自在地闖遍天下，不過你的祖父祖母當然不會允許，因為那時候的爸爸還沒有足夠的能力保護自己，也沒有足夠的智慧應付各種突發事情。

孩子，你現在還小，但爸爸仍然鼓勵你多些嘗試新事物，從中累積智慧和鍛煉不同的能力。當你長大了，你便有足夠的能力和自信去實現你的夢想。

給爸爸評評分

小朋友，你覺得爸爸今天講的這個故事好聽嗎？請你來評評分，把適當數量的☆填上顏色，給爸爸一點鼓勵吧！（5 顆星代表最高分）

多才多藝的小老鼠

自從小飛象會飛之後，似乎所有的人都對他產生了興趣，報紙上也不斷報道關於他的消息。這天報紙上又有關於小飛象的文章了。大家興奮地看着。

珍寶太太覺得很奇怪，文章裏怎麼沒有看到提摩太呢？提摩太把那篇文章從頭到尾仔細看了一遍，說：「嘿，這篇文章裏根本就沒有提到我！」

珍寶太太安慰他說：「沒關係，大家都知道你有多麼重要。」

聽了她的話，提摩太驕傲地挺起胸膛——畢竟，是他教會小飛象怎麼飛的！不過，過了一會兒，他就洩了氣。他沮喪地說：「我真有那麼重要嗎？是小飛象有會飛的天賦，而不是我。」

　　珍寶太太和小飛象都盡力地安慰提摩太，但他還是傷心地走開了。他心裏想：「我這麼聰明、這麼有天賦——我也應該出名！可是，怎麼才能讓自己出名呢？」

　　提摩太突然想到個好主意，他自言自語道：「有了！我也要學會飛！這樣的話，我就能像小飛象一樣出名了！」

　　他飛快地爬到最高的馬戲團篷頂上。小飛象就是從這兒跳下去學會飛的。提摩太希望這種方法也適合他自己。

　　提摩太自言自語道：「這也沒什麼難的。」可是當他低頭往下看時，卻發現：天哪，這兒離地面好高啊！提摩太倒吸了一口涼氣。

　　正在猶豫間，他一不留神，「哎呀」一聲，從高處掉下去，離地面越來越近了，他緊緊地閉上眼睛！

　　突然，提摩太覺得自己被托了起來。他慢慢睜開眼睛，看到自己正穩穩地坐在小飛象的長鼻子上。

　　提摩太氣喘吁吁地說：「謝謝你，小飛象！」

　　小飛象微笑着看了看他，然後把他放到自己的帽子上。

　　提摩太又安安穩穩地坐在他熟悉的地方，讓小飛象用耳朵

當翅膀帶着他一起飛，自己盡情地享受飛行的樂趣，這可比冒險學飛好多了。很快，他們就降落在珍寶太太的身邊。

珍寶太太高興地叫道：「哦，提摩太！你沒事了！看到你掉下來的時候，我非常非常擔心。如果沒有了你，我和小飛象都不知道怎麼辦才好。」

提摩太眨了眨眼睛。他心想：「再也不要想出名的事了，雖然我不能上報紙，但是管它呢，我知道自己很重要，我的朋友們也知道，這就夠了！」想到這兒，他高興地笑了。他已經夠多才多藝，這就足夠了！

5分鐘好爸爸課堂

大家都知道，是小老鼠提摩太的陪伴鼓勵和幫忙排練，小象大寶才成為了小飛象。小飛象出名了，聰明的提摩太卻仍是個默默無聞的幕後英雄。提摩太也很想像小飛象那樣能經常登在報紙上，那多光榮啊！於是他也想像小飛象那樣去學飛，「哎呀！」當他從高處掉下去的時候，珍寶太太和小飛象都擔心極了，要不是小飛象接住了他，那結果……想想也覺得太可怕了！

珍寶太太發自內心的話讓提摩太明白，他雖然永遠也成不了會飛的小老鼠，可能也永遠不能上報紙，不能出名，但他是珍寶太太和小飛象生命中不能失去的親人，這才是最重要的。

被人關注的感覺的確很好，但真的只有出名才能得到關注嗎？不是的。不必在意別人的目光和評價——當然，善意的提醒我們是要虛心接受，認真改過的。但更重要的是擁有堅定的信念，並且相信「天生我材必有用」，無論身處任何崗位，都要盡心盡力做到最好，自然會贏得別人的尊重。

給爸爸評評分

小朋友，你覺得爸爸今天講的這個故事好聽嗎？請你來評評分，把適當數量的☆填上顏色，給爸爸一點鼓勵吧！(5 顆星代表最高分)

☆ ☆ ☆ ☆ ☆

　　堅強的內心是面對困難時最重要的解難鑰匙。孩子只有對自己有信心，以百折不回的堅定意志，決心跨越難關，才能健康快樂地成長，成為敢於接受挑戰，實現自己夢想的勇敢小戰士。